भूत की सवारी

AF765027

स्वप्रेरित कथ्य

बी. एल. यादव

अंजुमन
प्रकाशन

Title : Bhoot Ki Sawari
Author : B.L. Yadav

Published By-
Anjuman Prakashan
942, Mutthiganj, Prayagraj, 211003
www.anjumanpublication.com
anjumanprakashan@gmail.com

Price in India: 250/-

Printed and bound in India.
First published by Anjuman Prakashan in 2024

Cover & Typeset by Anjuman Prakashan

ISBN : 978-81-19562-24-4

निहितार्थ

1- भूत-भूत शब्द को मुख्यतः दो तरह से परिभाषित किया जा सकता है। प्रथम वह जब शरारती छोटे बच्चों को डराने हेतु कह देते हैं कि अमुक कार्य मत करो नहीं तो भूत खा लेगा। हौआ आ जायेगा। भूत का अस्तित्व प्रमाणित या अप्रमाणित है यह तो नहीं कहा जा सकता पर इतना ज़रूरहै कि बच्चे एक बार जिसे देख लें, उसेअगली बार देखने पर भयभीत नहीं होते। भयभीत तो उससे होते हैं जिसे कभी देखा न हो तथा उसकी विकरालता बता दी जाये। कहा जाता है कि जो व्यक्ति किसी इच्छा के रहते मर जाता है उसकी अतृप्त आत्मा, भूत बन कर भटकती है। लेख है कि अमेरिका के व्हाइट-हाऊस में वहाँ के एक राष्ट्रपति भूत से परेशान हो गये थे। जिस भूत से भी डरें, बच्चों की तरह ही सही कुछ मान्यताओं से लोगों को डराने का प्रयास किया गया है। मान्यतायें जिनके प्रति भय पैदा किया गया है, वे व्यक्ति व समाज के लिये अब नितांत निरुपयोगी हो चुकी हैं। जिनका उपयोग नहीं, उन्हें छोड़ने का आग्रह किया गया है।

दूसरे प्रकार के भूत शब्द को सभी लोग व पाठकगण भली भाँतिजानते हैं कि समय, भूतकाल, वर्तमानकाल, भविष्यकाल में विभक्त है। इस आलेखमें सभी व्यक्तियों व समाज के लोगों से आग्रह किया गया है कि वर्तमान काल में भूतकाल के जो भी निरर्थक प्रचलन हैं उन्हें छोड़ा जाये। उन्हें अपने ऊपर सवार न होने दिया जाये।

फिर भी हम अपनी अंध-तन्द्रा से जागने के लिये तनिक भी तैयार नहीं हैं।

आँख बन्द किये हुये कहाँ जा रहे हैं? सोचने के लिये वक़्तही नहीं है।

2. सवारी - सवार और सवारी परस्पर अवलम्बित शब्द एवं संज्ञायें भी हैं। उक्त दोनों में कुछ अन्तर होना स्वाभाविक है। सवार, सवारी पर अपनी तुलनात्मक बुद्धि विशेष के कारण आरोहण करता है तथा सवारी उसे उस द्वारा इंगित दिशा की ओर लादकर ले जाती है जिसदिशा में सवार के हाथ की डोर एवं चाबुक बताती है। आजकल इंजनवाली सवारी शक्तिशाली तो सवार से अधिक होती है किन्तु उसमें इंगित दिशा की ओर चलना व संतुलन बनाकर चलने कासामर्थ्य नहीं होता है। या यूँकहें कि बुद्धि नहीं होती। दिशा चयन और आवश्यक संतुलन बनाये रखने का कार्य सवार का होता है।

यहाँ सब कुछ आज भी उल्टा हो रहा है। इतना बुद्धिमान, शिक्षित, कला-विज्ञान में प्रवीण मानव, निर्जीव मूढ़-मान्यताओं की निष्ठावान सवारी बनकर उन्हें अपनी पीठ पर लादकर गौरवान्वित सा चल रहा है। उसे अपने परिवार, मित्रों, सामाजिक रिश्तों के उज्ज्वल वर्तमान, भविष्य की कदापि चिंता नहीं। वह अपने अज्ञात अतीत के सुतली के सर्प से इतना भयभीत है कि उसके अब तक के जीवन के विकराल असह्य कष्ट नगण्य हो चुके हैं।

प्रस्तुत आलेख का निहितार्थ यही है कि समुन्नत व्यक्तित्व से समाज के सर्वांगीणविकास के लिये मानव मात्र को मूढ़ परम्पराओं से मुक्त कराकर संवेदना, सहकार, समता, शालीनता भरे समाज निर्माण के पथ पर प्रस्थित किया जाये। मनुष्य, सुखी जीवन हेतु निरुपयोगी प्रचलनों को छोड़ समयानुकूल प्रगतिशील दिशा धारा की ओर अग्रसर हो।

लेखक का मन्तव्य

भूत की सवारी नामक आलेख से मैंने पाठकों तक यह सन्देश पहुँचाने का प्रयास किया है कि भूतकाल में चाहे धार्मिक, सामाजिक, आर्थिक, कलात्मक, सांस्कृतिक या अन्य कोई शासन पद्धति सरीखा महत्वपूर्ण विषय हो, वह वर्तमान में सब कुछ बदल गया है। फिर भी हम कुछ प्रचलनों से ऐसे बँधेहुये हैं कि आज अनुपयोगी होते हुये भी छोड़ना नहीं चाहते, कारण चाहे अज्ञानता हो या भय। भूतकाल में शिक्षा सर्वसुलभ न होने के कारण जो भी नियम-क़ायदेतत्समय बने उन सभी की उपयुक्तता वर्तमान शिक्षित समाज में असमन्वय के कारण क्षीण हो गयी है। उदाहरणार्थ अब देव-दासी-प्रथा स्वतः समाप्त होने के कारण वह विकसित समाज में धर्म का हिस्सा नहीं रही। भूत व वर्तमान के प्रचलनों के समन्वय का स्वाद कहीं-कहीं उसी तरह हो जाता है जैसा कि शकर एवं क्विनाइन सम भाग में मिलाने पर। आप समझ गये होंगे कि ऐसे स्वाद की अब समाज को आवश्यकता नहीं है। यथार्थ, व्यवहार में कटु लेकिन परिणाम में मीठा होता है, अत: मेरा मन्तव्य भी यही है कि हम लोग भूतकाल की अनिवार्य मान्यताओं को छोड़कर अनुपयुक्त प्रचलनों को अलविदा कह, वर्तमान में रह, समाज को मधुर स्वाद प्रदान करें। मेरे इस आलेख में प्रत्यक्ष या परोक्ष रूप से सहयोग करने वाले परिजनों, मित्रों, एवं पाठकों को हार्दिक साधुवाद।

मुख्यतः श्री इन्द्रसिंह अहिरवार "अरसेला" शिक्षक एवं अंजुमन प्रकाशन प्रयागराज के अधिकारी कर्मचारियों को मेरे पिछले कविता संग्रहों के प्रकाशन में

तथा प्रस्तुत पुस्तक के प्रकाशन में सहयोग के लिये पुनः पुनः धन्यवाद। पाठकों को एक बार पुनश्च आहतोद्देश्य विहीन, प्रणयानुभूतिः प्रेषण। मैं महत्वाकांक्षी भूत हूँ। अपना अस्तित्व बनाये रखने के लिये निरन्तर व्यापकता हेतु सजीव सवारियाँ भी करता हूँ। मेरी कुछ सवारियाँभयभीत होकर ही मुझे ढोतीहैं जबकि मुझ में ऐसा कुछ नहीं है। फिर भी डरने वालों को मैं निर्भीकता की सीख इसलिये नहीं देता कि मुझे तो लादकर चलने वालों को ढूँढना ही पड़ता जबकि बिना प्रयास के मेरी सवारियाँ मुझे अपनी पीठ पर लादकर आगे बढ़ रही हैं। प्राकृतिक रूप से किसी के सानिध्य में निरन्तर समय गुज़रने के कारण उसका ममत्व भी सहभागी के प्रति बढ़ता चला जाता है। यह भी एक संगति है।

मैंने एक लम्बा अतीत देखा है। राजे, महाराजे, ऋषि, सन्त, दानव, बड़े बड़े जानवर, जंगल, पहाड़ कल-कल बहती नदियों, का सुरम्य नज़ारा मुझे पुलकित कर उठता है। अब मैं थक गया हूँफिर भी गन्तव्य की ओर बढ़ने की लालसा से तृप्त नहीं होता, मेरे चहरे पर पड़ीं घनीभूत झुर्रियाँ मैं तुम्हें बता नहीं सकता, देख भी लोगे तो मुझसे तुम बिदकने लगोगे, अतः जो कुछ भी जिससे बन पड़ रहा है वह शाश्वत ही समझना होगा। मैं और मेरी सवारियों के बीच औचित्य का तारतम्य बना रहे। चूँकि मैं और तुम अब भी हैं और कालान्तर से शायद मैं पीछे रह जाऊँ, तुम मुझे भुला दो, फिर भी मैं कहीं न कहीं रहूँगा। तुम किसी और का वाहन बनोगे ही जैसा कि मैं कह चुका हूँ सजीव सवारी का महत्व संवेदनशीलता के चलते अधिक सार्थक है। अतीत की सभी सवारियाँ प्रायः सजीव हुआ करती थीं यथा हाथी, घोड़ा, ऊँट आदि। वर्तमान में चाहे इसे प्रगति कहें किन्तु प्रकृति से परे भी सब कुछ है। वर्तमान में सवारी के रूप में निर्जीव सायकल से लेकर निर्जीव वायुयान तक जिनकी गतिशीलता क़ाबिले तारीफ़ होते हुये भी अनिश्चित एवं अंधकार पूर्ण साबित हुयी है। चूँकि अतिशीघ्र पहुँचने की उतावली समय-गति-क्रम के अनुरूप बढ़ी है अतः आवश्यक भी हो गया है कि मैं नहीं तुम साफ़सुथरे वर्तमान की सुविधाजनक, आराम दायक फलप्रद जीवन लक्ष्य की ओर अनुकूलता की ज़रूरतको अपनी पीठ पर लादकर सवारी के दायित्व का निर्वहन करो। मैं भी तो भूत होकर यहाँ तक तुम्हें सवारी बनाकर

ही आया हूँ।

हे मानवो तुम एक सजीव सवारी तो हो ही, तुम्हारे ऊपर का सवार सार्थक जीवन जीने की प्रक्रिया का संरक्षक भी हो जो तुम्हें शुभता की ओर प्रस्थित होने हेतु बाध्य करे अग्रसर करे। अनुपयोगी मान्यतायें, निरर्थक परम्परायें, उत्पीड़ित करने वाली भयावह अनिवार्यता से मुक्त कर सकें। मैं भूत हूँ, भय नहीं जिसे, तुम विकराल परिणति प्रदाता के रूप में आंकलित करते हो। तुम्हारी पीठ पर सवारी के रूप में मेरी विकृति जो तुम्हारा जीवन हराम करती हो उसे घोड़े की तरह नीचे पटक कर पैरों से रौंद डालो तथा साथ ही मेरा जो स्पर्श आनंद की सदाशयता का रोमांचक पहलू हो उसे आत्म-सात कर लो। यह सब इसलिये कि तुम्हें कोई बरबस अपनी सवारी, बनाकर सवार होने का स्वप्न तक न देख पाये। मैं भूत हूँ, तुम वर्तमान। तुम कभी अविज्ञ थे, अब विज्ञ हो, अशिक्षितथे, अब शिक्षित हो, वैज्ञानिक हो, मोबाइल, कम्प्यूटर की सवारी हो किन्तु उनके ऊपर मत चढ़ो। उनको सवार ही रहने दो।

आइये अवांछित भूत (अनुपयोगी रीतियों) को विदाकरते हुये उज्ज्वल भविष्य निर्माता विवेक को जागृत करें तथा जीवनोपयोगी विधाओं का वाहकया संवाहक बनकर निर्भीकता से अग्रसर होने का प्रयास करें तथा सामर्थ्य भी रखें कि हमारा भीजीवन अन्य की तरह है, इसे अनुगामी या यूँकहें परतन्त्र नहीं होने देंगे। आपने भूत से सीखा है कि अहंकार ही जीवन में अर्जित की हुई कीर्ति के पतन का कारण होता है। जीवन की लम्बाई हमारे हाथ में नहीं तथा काम की भी नहीं अतः जितना भी अवसर मिले- उतने दिन गरिमा की पराकाष्ठा भर जियें।

जिन देवों, कोविदों, आलिमों, पादरियों एवं महामानवों के समक्ष तुम अवनत होते हो वो कोई और नहीं, उनका भी जन्मोत्सव तुम जैसा ही साधारण तौर तरीक़ेसे मनाया गया था, किन्तु कुछ होने की प्रतिबद्धताके साथ उनकी चारित्रिक कसावट तुम्हारे लिये आदरणीय पूज्यनीय बन गयी। संभवतः इन्हीं कुछ कारणों से भूत की सवारी बनना हम, तुम नकार नहीं सके एवं यह आवश्यक भी था। सवार से सवारी का कार्य अपेक्षाकृत उच्चस्तरीय होता है,

चूँकि इसमें सेवा-धर्म समाहित है जबकि सवार इस कर्म को अपना मालिकाना हक़ निरुपित करता है। कुछ कायिक सवार-सवारियाँ होती हैं वहीं कुछ बौद्धिक सवार-सवारियाँ भी हैं। आज के प्रगतिशील युग में नितान्त आवश्यक हो गया है कि हम उन बौद्धिक धाराओं की सवारी न बनें, जो मानव को स्वामी और सेवक के रूप में विघटन करती हैं। मस्तिष्क जब मस्तिष्क की क्रियाशीलता की अधीनता स्वीकार कर लेता है तो उसे क्रियाशीलता में आसानी भले हो जाये किन्तु समझो वह अपना अस्तित्व ही खो देता है। मैं थका हुआ भूत हूँ एवं आप लोगों के साथ मेरे प्रगाढ सम्बन्ध एक लम्बे अन्तराल से रहे हैं इसीलिये मैं आगाह करता हूँ कि आप नयी दुनिया (भविष्य) में प्रवेश करने के साथ-साथ मौलिक रूप में मुझे स्वीकार करें एवं जो आडम्बरीय कचरा आप के पथ में अवरोधक बनकर पड़ा हुआ है उसे सदैव के लिये अस्वीकार करें और हटा दें। भूत गया अब वर्तमान की बातें कर लें। रहे भूत से डरे, इसे अब बाहों भर लें।

भूत के कुछ प्रावधान जो हमारे सरोकार बने रहे उनमें से कुछ त्यागने योग्य क्यों हैं? संक्षिप्त समीक्षा सहित निम्न बिन्दुओं पर ईमानदारी से सामाजिक परिप्रेक्ष्य में विचार करें।

अनुक्रम

संस्मरण

1.

राजा

अतीतकाल में शासन पद्धति राज-तन्त्र थी, राजा ही जिसमें परम सत्ताधीश हुआ करता था। पूरा शासन प्रशासन, राजस्व, न्याय सरीखे महत्वपूर्ण कार्य राजा ही करता था, नाम मात्र को कुछ मंत्री होते थे जो उसे आवश्यकता पड़ने पर सलाह देते थे। पूर्व में राजा अजातिगत होते, कालान्तर से जातिगत होने लगे। छोटे राजाओं पर बड़े राजा अर्थात शक्तिशाली अधिक सम्पन्न अपने राज्य विस्तार के लिये दूसरे राजाओं पर अश्व-मेध-गोमेध यज्ञों के माध्यम से अथवा स्वतन्त्र रूप से हमले करते थे। इस तरह बड़े राजा और जो सबको क़ाबूमें कर लेता था वह बादशाह या महाराजा कहलाता था। राजा एक होता था पर पूरे परिवार को राजा कहने का प्रचलन था, यहाँ तक कि क़िलेअथवा गढ़ी में रहने वाले उनके रिश्तेदार भी राजा कहलाते थे, यथा छोटे राजा, बड़े राजा, मझले राजा, भानेज राजा, नाती राजा आदि। उनके नाम भी होते थे किन्तु नाम लेने की जुर्रत किसमें थी? आज प्रजातन्त्र होते हुए, जबकि कहीं कोई राजा नहीं फिर भी तथा कथित बड़े घरानों में जो राजा, जागीरदार रहे हों यही प्रचलन है,

विशेषतः ग्रामीण क्षेत्रों में देखा जा सकता है। आज भी लोग भयांतीत हैं और राजा सम्बोधन करके पुकारते हैं। इससे विमुक्त होना किसकी ज़िम्मेदारी है। बस उसकी जिसका आत्म सम्मान जाग गया है।

2.

महाराज

राजा से महाराजा अतीत में बना करते थे किन्तु आजकल महाराज का सम्बोधन उन्हें बहुतायत से किया जा रहा है जो धार्मिक रूप से आदरणीय प्रवीण पंडित हैं। कोई भय नहीं कि महाराज कहा जाये तदापि कहलाये जाते हैं, इसकी व्युत्पत्ति अज्ञात है। कोई आज उन्हें पूछ सकता है कि जब आप राजा तक नहीं फिर किस देश के महाराज हैं? केवल साधु-सन्तों की बात अलग हो सकती है जो गृहस्थ नहीं अपितु अपने को परम तत्व में लीन करने में प्रयासरत हैं। आज विद्वत जनों, महामानवों की कमी नहीं फिर भी किसी पहचान विशेष द्वारा सामाजिक वर्गीकरण चलना चाहिये? विचारें।

३.
दाऊ

चाहे बृज भाषा कहें या अन्य, दाऊ होता है बड़ा भाई। कृष्ण जी के बड़े भाई का नाम था- बलदाऊ या बलराम, उन्हें श्रीकृष्ण जी अक्सर दाऊ कहकर पुकारते थे। वे बड़े बलशाली थे, ऐसा होते हुये भी उनके बारे में किसी प्रताड़ना का तथ्य ज्ञात नहीं है। भले वे कृष्ण के रुक्मणी से विवाह करने में सहमत नहीं थे फिर भी अग्रज होकर अनुज के प्रति उनकी नाराज़गी एक सीमा में सिकुड़ी हुई थी। वर्तमान समाज में हम देखते हैं कि किसी से रिश्ता कुछ भी हो उनसे अपने को दाऊ कहलवाकर स्वयं को आदरणीय बनाना चाहते हैं, कुछ तथा कथित उद्दण्ड लोग व अकड़ क़िस्मके लोग भी यही चाहते हैं कि लोग हमें दाऊ या दाऊसाहब कहकर हमें आदर दें। अक्सर ग्रामीण क्षेत्रों में अधिकांश लोग स्वयं को दूसरों द्वारा दाऊसाहब सम्बोधन से अभिभूत होते है एवं इसी आधार पर उन्हें किसी हद तक प्यार भी करते हैं। दाऊ सम्बोधन कर्ता भी अपनी सुरक्षा के प्रति आशान्वित होते हुये कहीं न कहीं भयभीत से लगते हैं, यही वह परम्परा है जिसे अपने ऊपर लगातार लादे रहने के कारण लोग इससे उबरने का साहस नहीं कर पाते। उनका सम्मान भी समाज में नगण्य होता जाता है। क्या भविष्य के आदर्श

समाज निर्माण में बाधक के रूप में आसन्न व्याधि को जड़ से उखाड़ कर नहीं फेंक देना चाहिये? यह किसका दायित्व है कि यह अंतः पीड़ा समाप्त हो? अपने ऊपर सवार को एक बार नीचे फेंककर तो देखिये।

4.

विवाह

विवाह एक सामाजिक समझौता है। इस समझौते में सम्बन्धितों एवं समाज का हित निहित है। आदिकाल से विवाह आठ प्रकार के हैं, लेकिन हम देखते हैं। विगत अनेक वर्षों से प्रथम प्रकार का ब्रह्म विवाह ही हम पर भूत बनकर सवारी करता आ रहा है। यह विवाह धन व समय के हिसाब से बहुत मँहगा पड़ता है फिर भी हम स्वार्थी तत्वों की मन्शा को समझते हुये एवं अपनी नाक लम्बी करने हेतु दोनों अपव्ययों के पैरोकार बनेहुएहैं। हमारे बच्चे अच्छा भोजन, अच्छे कपड़े तथा शिक्षित होने को तरस रहे हैं फिर भी हम उन्हें अनसुना करते हुये उल्टा क़र्ज़में टाँगतेचल रहे हैं।

अपनी नक़ली प्रतिष्ठा के फलस्वरूप वर-वधू का भविष्य भी ख़राब करते हैं, उनकी इच्छा के विपरीत अपनी इच्छा का सम्बन्ध उन पर थोपकर ही बड़प्पन महसूस करते हैं जो कभी कभी दोनों का जीवन मृतप्राय बना देता है। अतः वयस्क होने के नाते वर-वधू की सहमति भी अतिआवश्यक है।

आजकल हम श्रीकृष्ण की अमृतवाणी जो श्रीमद्भागवत के नाम से विख्यात है, उसे सुनकर स्वर्गगामी पथारोहण करते हुये भव मुक्ति में अटूट विश्वास तो करते हैं पर श्री कृष्ण ने रुक्मणी के साथ विवाह करते समय विवाह की जो पद्धति अपनायी थी वह पद्धति या विवाह का प्रकार भूतकाल से ही इतना नगण्य अब तक है जिसे जानकर आश्चर्य होता है। उसका प्रचलन क्यों इतना नगण्य अथवा हेय है जबकि श्रीकृष्ण ने रुक्मणी का हरण उसकी इस सूचना पर किया था कि उसका विवाह यदि शिशुपाल से होता है तो वह आत्म-दाह कर लेगी। मैं केवल आपके साथ जीना चाहती हूँ। सामाजिक सुखी जीवन व विवाह को जो व्यक्तिगत जीवन सुख भी है, श्रीकृष्ण भली भाँति समझते थे। अतीत काल में उन्होंने लोगों से कहा था कि इन्द्र की पूजा मत करो, उसे किसी प्रकार का दान-पुण्य मत करो, उसके पास अटूट धन है। अतः गोवर्धन की पूजा एवं गाय की सेवा करो। इस बात से खिन्न होकर इन्द्र ने क्या किया था? सर्वविदित है। आख़िर इसके पीछे कौन था या अभी भी है, जो आम जन को सुखी सम्पन्नता न देकर केवल उसके श्रम का शोषण करना चाहता है। क्या श्रीकृष्ण की उस आज्ञा को किसी ने माना था? उनके उस पवित्र सोच को क्रियान्वित करने कितने लोगों ने हिम्मत दिखायी थी? जबकि श्रीमदभागवत् नाम पर आज भारी आर्थिक हंगामा है। आपके हाथ-पैर जीवन को सहारा देने वाली वस्तुओं के अभाव में सामाजिक समता आधारित विकास के पायदान के बिना, कोई ऐसी जगह नहीं जहाँ आप अपने कल्याण की कल्पना करते हों। हमारी कर्म-स्थली बस यह धरती है, कर्म के अभाव में कुछ भी उपलब्धि नहीं, सुकर्म की पहचान के साथ सत्य, निष्ठा भी ज़रूरतकी अनिवार्य इकाई है।

श्रीकृष्ण ने ही अपने नाती अनिरुद्धका विवाह अपने प्रतिद्वंद्वी वाणासुर की सुपुत्री उषा से सहज भाव से किया था, जबकि तत्कालीन सामाजिक वर्गीकरण में वाणासुर तथाकथित दैत्य (राक्षस) श्रेणी में आता था और श्री कृष्ण तो सर्व क्षमता सम्पन्न अवतारी थे। उक्त विवाह में दो महत्वपूर्ण पहलूहैं- 1. वाणासुर की पुत्री ऊषा अनिरुद्ध से प्यार करने लगी थी, तथा श्रीकृष्ण ने स्तरीय प्रतिकूलता को नकारते हुये उनके सुखी जीवन हेतु वैवाहिक स्वीकृति दी। 2. दूसरा उद्देश्य

संभवतः यह हो सकता है, दैत्य वर्ग में जानवरों जैसे सींग तो थे नहीं, लक्षणों पर आधारित वर्गीकरण भर था, जिनमें समन्वय की संभावना श्रीकृष्ण को दिखाई दे रही थी। हुआ भी वही आज कोई तत्कालीन राक्षसों जैसा हो हल्ला नहीं है समन्वय व सामंजस्य प्रारम्भ हो चुका है। कुछ स्वार्थी तत्व विश्व-सागर की ऊँची-नीची लहरों पर अपने घरोंदे बनाना चाहते हैं, जो आज के साम्य-वैचारिक तूफ़ानों में सुरक्षित किंचित– मात्रभी संभव नहीं। इससे सिद्ध होता है कि श्रीकृष्ण बड़े राजनीतिज्ञ तो थे ही महान समाज शास्त्री भी थे।

5.

दादा

भूत जगत में एक सम्माननीय पद-नाम "दादा" हुआ करता था जो आज भी है किन्तु उतना आदरणीय अब नहीं रहा। हर कुटुम्ब,परिवार में कम से कम एक दादा हुआ करता था, जो बुज़ुर्ग होने के नाते परिवार संचालक को सूझ-बूझ भरे सुझाव चाहे, अनचाहे देता था। आजकल परिवार विघटन के चलते एक "दादा" तो होता ही है, कहीं तो वह अकेला ही रहकर सिर हिलाया करता है। "दादा" शब्द का आशय है पिताजी के पिताजी इतना वज़नदारपद बदली हुयी परिस्थिति में दयनीय ही लगने लगा है। वर्तमान में "दादा" पद तो नहीं बदला पर दादा कौन है? किसी बड़े दादा का नाम सुनकर रोंगटेखड़े हो जाते हैं। कौन हैं ये दादा लोग?

ये दादा वहलोग हैं जिनका कोई धंधा नहीं। है भी तो दादागीरी के रौब-रुतबेसे नाम मात्र को कुछ काम देखते हैं, करते नहीं। करने वाले तो इनके पीछे-पीछे फिरते हैं चाहे पगार मिलती हो या नहीं, वे तो इतने में ही शक्ति, धन सम्पन्न अपने को मानते हैं हम अमुक दादा के गुर्गे हैं।

वर्तमान के दादाओं की परिभाषा यदि संक्षेप में दी जाये तो ये वे लोग होते हैं जिन में हत्या, लूट, ठगी, अपहरण, वहशीपन, फिरौती आदि सरीखे दुस्साहसी गुणों का कलेजा होता है तथा तद्गुणीवरिष्ठ नेताओं के वरदहस्त एवं बड़े अधिकारियों के सम्पर्की होते हैं। या यूँकहें कि कमज़ोरशासन, प्रशासन में इनकी समानान्तर सरकार चलती है। दादाओं की संख्या अब पारिवारिक नहीं अपितु शहर स्तरीय, प्रान्त स्तरीय, देश स्तरीय हो गई है। शहरों में वार्डवार, मोहल्लेवार, क्षेत्रवार इनकी सीमा बँटीहुई होती है जिसमें इनकी ही तूती बोलती है। दादा बदनामी का बाइसहो गया है फिर भी यह शत प्रतिशत नहीं है। अभी भी बहुत कम लोग वे दादा हैं, जिनकीसोच अपने परिवार के साथ साथ नगर, शहर के लोगों के साथ सोच एवं सेवा सकारात्मक है।फिरभी यह सब कुछ प्रशंसनीय नहीं चूँकि इसमें दादा रूपी अवैधानिकता आधार स्वरूप में है। जनतन्त्र में साधारण से व्यक्ति को भी सेवा का आधार वैधानिकता देती है। अत: दादाओं के वर्तमान में रूप परिवर्तन की कोई आवश्यकता नहीं है। हम समझ सकते हैं कि भूत के कुछ राज-परिवारों की यह अधुनातन शैली है जो नितान्त अवांछनीय है।

6.

शहरों के नाम परिवर्तन

कुछ राज्य सरकारों ने केन्द्र सरकार से अनुमोदन प्राप्त कर अपने शहरों के कुछ नाम बदले हैं। शहर के नाम परिवर्तन का कुछ न कुछ कारण अवश्य होता है, ज़रूरीभी है कि ग़ुलामीका प्रतीक या अन्य कोई अट-पटापन विवश करता हो तो उस शहर का नाम बदला जाये। किन्तु आप देखते हैं कि भारत अनेक शहरों में बसा है, ज़्यादातरशहरों के नाम विदेशी शासकों अथवा उनके वंशजों के नाम पर रखे गये हैं। यदि हम ऐसे सभी शहरों के नाम बदलना चाहें तो आर्थिक रूप से ऐसा सम्भव नहीं है, ठान लें तो सब कुछ संभव हो सकता है। दुर्गति यही होगी कि हमारी अर्थ-व्यवस्था लड़खड़ा जायेगी, कारण स्पष्ट है कि कई हज़ारशहर विदेशियों के नाम पर है जिनको बदलने में करोड़ों रुपये व्यय होंगे जो कदापि उचित नहीं है। हमारी ही कमज़ोरीया भूल के कारण उन्होंने भारत में घुसने का दुस्साहस किया था। अब हम उसे लज्जा या प्रतिष्ठा का प्रश्न बनाकर अविवेकी बनकर अपना आर्थिक-संयम खोयेंगे तो हमारे पड़ोसी देश जो इसी आर्थिक संकट मेंहैं वे भारत को अपना जैसा देख, मज़ेलेंगे। नाम बदलने

के अभियान में ऐसा किया जा सकता है कि ग्रामों से शुरुआत करें। स्थानीय स्वशासन अंतर्गत आने वाली संस्थाओं को केन्द्र सरकार राज्य सरकारों के माध्यम से अधिकृत करे कि वे गाँवों के ऐसे जो नाम हैं उन्हें वे ऐसा नाम दें जिसको सार्वजनिकस्वीकारिता प्राप्त हो। राष्ट्रपति को छोड़कर किसी भी राजनैतिक दल के नेता, प्रधान-मंत्री, मंत्री, धार्मिक आधारों वाले स्वरूप को नामित न करें। इस प्रकार ग्राम से नाम बदल अभियान शुरू करना शायद बहुत कम ख़र्चीलापड़ेगा।

लगता है उत्तर प्रदेश में ऐसे शहर अधिक हैं जिनके नाम विदेशी शासकों के नाम से हैं। पिछले वर्ष ही लगभग मुख्य-मंत्री श्री योगी जी ने इलाहाबाद शहर का नाम बदल कर प्रयागराज किया है। अच्छा होता यह कार्य अभियान के रूप में ग्रामीण क्षेत्र से प्रारम्भ होता और भारतीय प्रजातन्त्र के परिप्रेक्ष्य में अनुकूलता (सर्वसम्मति से नामित) से शहरों तक पहुँचता। उत्तर प्रदेश के गोंडा ज़िलेमें एक गाँव हुजुरीपुर नाम से है, लगता है इस प्रजातन्त्र में भी उस गाँव के लोग किसी की हुज़ूरीकर रहे हैं, गाँवों के ऐसे नाम प्रजातन्त्र के लिये लज्जास्पद हैं जिन्हें तत्काल बदला जाना चाहिये। न भी बदला जाये तो अपने प्रजातंत्र को कोई फ़र्क़ नहीं पड़ता। यूँ इसलिये लिखना पड़ा कि जब बदलना ही है नाम तो हीनता महसूस कराने वाले नाम पहले बदले जायें। इलाहाबाद से नाम बदलकर प्रयागराज हुआ। दोनों ही नाम एक ही दिशा के हैं, जनतान्त्रिक नाम एक भी नहीं।

7.

देवी मैया की चुनरी

उस भूत की सवारी बने रहने में हम इतना अभिभूत होते हैं कि इस जीवन का औचित्य तक विस्मृत कर देते हैं। हमारी देवी मैया या माता के प्रति हमारी प्रगाढ़ आस्था हमें चिन्तन शून्य बनाती है। कभी कभी इस सत्य की पुनरावृत्ति भी हम ही करते जाते हैं कि मानव जीवन अमूल्य है यदि मिल गया है तो इस दुर्लभ उपलब्धि को बिना समय गंवाये भविष्य निर्माण की सार्थकता का वाहक बनायें। इस तथ्य का चिन्तन किये बिना अपनी आस्था के प्रतीक देवी माता को मन्दिरों पर सामूहिक रूप से जलसे के रूप में उपस्थित (पैदलही) होकर पाँच सौ मीटर तक लम्बी-चुनरी अर्पित किया करते हैं। सैकड़ों लोग जिनमें अधिकांशतः युवा-युवतियाँ होती हैं, पचास किलो मीटर तक का सफ़र उपवास रखकर (बिना कुछ खाये) प्रातः काल से ही प्रारम्भ कर देते हैं। कई प्रकार की आपदाओं का सामना भी करना पड़ता है जिनमें अक्सर जीवन व समय की क्षतिभी होती है।

ऐसा क्रिया-कलाप केवल अंध-विश्वास हैंजो विगत कई वर्षों से हम लाद कर चल रहे हैं। माता के प्रति समर्पण होना एक नैसर्गिक स्वभाव है जिसके पीछे

विवेकशीलता की महती आवश्यकता है। यदि प्रश्न पूछा जाये कि किसी ने इतनी कायिक-विशद देवी-माता को कहीं देखा है जिसे पहननेके लिये पाँच सौ मीटर या उससे अधिक लम्बी चुनरी की आवश्यकता हो? सम्भवतः नकारात्मक उत्तर ही मिलेगा। एक ऐसा भी समय गुज़रचुका है जब कपड़ा नहीं था, लोग पेड़ों की छाल पहनते थे फिर चुनरी का अस्तित्व भी इसी के बाद हुआ होना चाहिये। यह मानवीय विकसित जीवन-रहन-सहन के तारतम्य में हुआ। ज़रासोचें हम अपनी ऐसी प्यारी माँ की चुनरी की परवाह बहुत करते हैं, किन्तु अपने नंगे, उघारे बच्चों की नहीं। वह देवी माता तो तुम्हारी प्रदात्री है और तुम अपने बच्चों के प्रदाता। कितना श्रृंगार करोगे उस माता का? कर भी पाओगे? ज़रासोचो। उससे अपनी अपेक्षायें भी न पालें, यह ज़रुरतआपको, सभी को और मुझे भी है। वर्तमान में हम देखते हैं कि लोग लम्बी लम्बी तीर्थ-यात्राओं पर, हज पर जाते हैं। जिस वाहन से यात्रा करना है उस वाहन की जाँच, चालक या ज़िम्मेदारभली भाँतिकर लेते हैं फिर भी तीर्थ स्थल के निकट पहुँचते ही वाहन दुर्घटनाग्रस्त होकर जो जन-हानि होती है उसकी बरकतकी अपेक्षा भी हम उस स्थल के देवता से करते हैं जो नितान्त बेतुका सोच है। दुर्घटना का कारण तो हम में से हीकोई या अनेक लोग होते हैं जो अपने कर्तव्यों का दायित्व लापरवाही, या विवेक शून्य होकर निभाते हैं।

आस्थावान होना मनुष्य का प्राकृतिक गुण है, वही चेतन्य व विवेकशील होता है जो किसी न किसी को अपने से गुणधर्म के रूप में उसे अधिक बड़ा मानता है, उसके आदर्श-गुणों के प्रति वह आस्थावान बन जाता है और लाभान्वित भी होता है। ध्यान देने योग्य बात तो यह है कि जिसके प्रति कोई आस्थावान है उससे उसे कोई लाभ नहीं मिलता अपितु लाभ तो उसके अपनाये गये गुणों से मिलता है, यही तथ्य आस्था है न कि सुरसा की तरह मुँह फैलाव, जो लम्बी चुनरी में लम्बा हित तलाशते हैं।

8.

धर्म या संस्कृति को ख़तरा

किसी धार्मिक या सांस्कृतिक टकराव के बीच कुछ लोग कहते सुने जाते हैं कि हमारेधर्म या संस्कृति पर बहुत बड़ा ख़तराआने वाला है। यही बात दूसरे पक्ष के लोग करते हैं अधिकांशतः वे लोग जो अल्प-संख्या में होते हैं। कारण यह है कि अपनी अपनी संस्कृति से जुड़ी अनेक पीढ़ियाँ गुज़रचुकी होती हैं और टकराहट के समय औचित्य की अपेक्षा अपनत्व का भाव कुछ अधिक ही रहता है। एक चोर अपनी रोज़ीरोटी चोरी कर के चलाता है यह जानते हुये भी कि यह दण्डनीय अपराध है, फिर भी करता चला जाता है किन्तु वह यह भी चाहता है कि मेरे बच्चे यह कार्य न सीखें। एक स्थान या शहर, ग्राम में रहते हुएऐसा तो होगा ही क्योंकि उनके ऊपर अपना अपना भूत सवार है। उस भूत की पूँछही निकलना शेष है उसकी सम्पूर्ण देह तो क़वायदकर गयी। इस पूँछसे विमुक्त न होने की वजह हम ही हैं।

लोकतन्त्र की धारा बह रही है हम उस में बहने का साहस दिखायें क्योंकि अब वह ज़मानानहीं कि हमें अपने धर्म-संस्कृति की बाध्यता है। जो भी हमें

हितकर होगा उसे अपनाने हेतु हम स्वतन्त्र व सक्षम हैं। किसी भी धर्म-संस्कृति का मनुष्य क्यों न हो, सभी, अब शिक्षित होकर अपने धर्म व संस्कृति की उपलब्धियाँ जानने लगे है अतः वह एवं समग्र समाज वही करता है जो उसे वांछित है तथा धर्म भी यही है। यह सांस्कृतीकरण समयानुसार होता रहता है। कोई भी धर्म या संस्कृति नष्ट नहीं होती बल्कि सदुपयोगिता आधारित उसका रुपान्तरण होता रहता है।

जो प्रक्रियायें धर्म या संस्कृति में कालांतर से निरुपयोगी हो जाती हैं उनका अन्त कोई रोक नहीं सकता, तथा जो प्रचलन समयानुकूल व्यक्ति या समाज के हैतुक होते हैं वे स्वतः अग्रगामी होते हैं। यहाँ किसी का दबाव कामयाब नहीं होता। अतः हमारा जीवन सुखी-सम्पन्न बनाये रखने के लिये ये तो होना ही है और होगा भी।

धर्मों ने दुनियाभर की मानव जाति के टुकड़े कर डाले हैं और यह मानव इसी आधार पर अर्थात मैं अमुक-धर्म का हूँ, तो तू उस धर्म का है, बिना सोचे ही परस्पर मानव अपने भाइयों के टुकड़े कर कर रहे हैं। क्या धर्म का मक़सदयही है? नहीं, धर्म तो सराहनीय जीवन जीने तथा दूसरों की आवश्यकता पड़ने पर उनकी सहायता करने की विधा है। प्राणियों के प्राण का दर्द समझने वाला हृदय है।

एक शाम मैंसड़क पर चहलक़दमी के लिये निकला था। कुछ क़दमचलते ही मैंने देखा दुभाग्य से दो मोटर साइकल्स में परस्पर टक्कर हो गई थी। एक मोटर सायकल पर सवार एक व्यक्ति की हालत चिंतनीय हो चुकी थी, देखते ही देखते तमाम लोग एकत्रित हो गये घायल को तत्काल सब मिलकर अस्पताल ले गये, उससे पहलेकिसी ने भी किसी से ये नहीं पूछा कि घायल कहाँ का है? किस धर्म का मानने वाला है? मैं पूछता हूँ एकत्र हुये लोगों को किसने बुलाया था? क्या उन्हें किसी का डर था कि तत्काल पहुंचे? नहीं। बस इतना समझ में आता है कि उनमें प्रकृति-जन्य धर्म था व दूसरी मोटर साइकल से भागने वाला अधर्मी। इस नैसर्गिक धर्म को कोई ख़तरानहीं यह शाश्वत है। ज़रूरत है कि हम पर चढ़े हुये भूत को हम शीघ्र उतार दें।

9.

यजमानी प्रथा का औचित्य

भूतकाल में यजमानी प्रथा के बग़ैर अन्य किसी प्रकार से सामाजिक ज़रूरतों की पूर्ति नहीं हो सकती थी अत: वह उन दिनों आवश्यक थी किन्तु आज नहीं। तब हर कामगार अपने किये गये कार्य के बदले में दूसरे कामगार से अपने लिये उसके कौशल का कार्य करवाता था। जैसे नाई लोहार के बाल काटता था व लोहार नाई के लिये कुल्हाड़ी, हसिये आदि तैयार करके देता था। बढ़ई, कुम्हार, सुनार आदि परस्पर कार्य करते थे। कृषक के साथ ही सभी अन्य लोगों में यही प्रचलन था। कृषक अपनी फ़सलआने पर कामदारों के कार्य के बदले अनाज देता था।

मुद्रा का चलन तो बहुत बाद में हुआ था, जिसका ठीक से व्यवस्थापन न होने के कारण कहीं कहीं पर यजमानी प्रथा चलती रही, मुद्रा का अभाव प्रत्यक्ष में दिखाई देता रहा, इसी आधार पर चतुर लोगों ने ख़ूबधन इकट्ठा किया और कामगारों का शोषण बढ़ता गया। हम पुरानी पुस्तकों में कहीं कहीं पढ़ते हैं कि अमुक राजा ने अमुक ऋषि को एक लाख स्वर्ण-मुद्राएँऔर एक हज़ारगायें

भेंट कीं। इससे विदित होता है कि केवल राजकोष और राजाओं के निकटवर्ती सम्पन्न होते गये, कामगारों को पेट भरने के लाले पड़ते गये। आज राजकीय मुद्रा का निर्बाधप्रचलन है, पैसे दो और काम लो अथवा वस्तु का मोल चुकाओ तब वस्तु पाओ। आज लोकतन्त्र होते हुये भी देश के कुछ पिछड़े, अतिदूर-दराज़के इलाक़ोंमें कामगारों का दबावों के कारण शोषण हो रहा है। अपनी हीनता के कारण दबावों का सामना करते हैं किन्तु परिणाम कभी-कभार अनुकूल होते हैं, इस हीनता को साहस से बाहर निकालना चाहिये।

10.

निकटता में भी दूरी

आप अपने किसी अच्छे मित्र के घर पर रोज़ -रोज़जाइये उसके बिना खाना तक न खाइये तो समझ लीजिये कि आप उससे दूरी बना रहे हैं। आपके मन में ऐसा कुछ नहीं है कि मित्र से दूरियाँ बनें, आप तो मित्र के आदर्श गुणों के आकर्षण में खिंचेचले जाते हैं। आशय यही है कि आपके पास ऐसा करते रहने के अतिरिक्त अन्य कोई और कार्य नहीं। यह सामाजिक प्रक्रिया को स्वीकार्य नहीं। हाँ ईश्वर या आत्मा की खोज का प्रयत्न अलग बात है। फिर हमें तो इसी समाज में जीना है मित्र को भी आपसे मिलते रहनेके अतिरिक्त अन्य कार्य भी हैं।लौकिक और पारलौकिक आचार में सदैव अन्तर बना रहता है।

एक व्यक्ति को आत्मा की खोज का चस्का लग गया, लोक व्यवहार से परे व त्याग, तप के आचरण से वह संत कहलाने लगा। कृमोन्नत आचार विचार के फलस्वरूप उसने गृह त्याग कर किसी शक्ति-पीठ पर शेष समय सदुपयोगी बनाने के लिये प्रस्थान कर दिया। परिवार व ग्राम वासियों ने बख़ुशीसंत को विदा किया। कुछ दिनों बाद उसके कुटुम्बी जन व निकटवर्ती मित्र लोग जो

नामी व्यापारी या यूँकहें कि विलासिता का जीवन जीने वाले बड़े लोग थे, संत के पास दर्शनार्थ पहुँचने लगे। एक दिन ऐसे ही किसी पूर्व-मित्र ने संत से कहा कि महाराज जो लोग अपने ग्राम से आपके दर्शनार्थ आने में असमर्थ हैं वे आपकोबहुत याद करते हैं, किसी दिन गृह- ग्राम पधारने का कष्ट करें संत ने कहा मैं घर छोड़ चुका हूँ कुछ दिन के लिये ऐसा करने में मुझे कोई गुरेज़नहीं तथा जब मैं वहाँ होऊँगा क्या, आप मेरे नज़दीक आकर मेरे पास बैठेंगे ? कार्यक्रम की तैयारी होने लगी। सब को पता था कि संत लकड़ी के तख़्त पर बैठते हैं और उनके कुछ निष्ठावान अनुयायी लकड़ी की कुर्सियों पर। दिन मुक़र्ररहुआ संत पहुंचे, उनके सामने की लकड़ी की कुर्सियों पर सामने कुछ उनके अनुयायी बैठे थे और बहुत दूरी पर उनको आमंत्रित करने वालेमित्र (रईस) अपने साथियों के साथ आरामदायक गद्दीदार सोफों पर आसीन थे। संत ने कहा मित्र ये दूरी क्यों? उत्तर था, उनके कहे अनुसार रोज़रोज़किसी के घर जाने की आवश्यकता पर निकटता दूरियों में बदल जाती है। संत ने कहा यह लौकिक व्यवहार कहलाता हैं मैंने तो आपको इतना ही बतलाया था यह नहीं कहा था, कि जिसके प्रति अनुरक्त हो अपना घर छोड़कर वहीं पहुँच जाओ। दोहरी मानसिकता के बीच व्यक्ति किसी दौर का नहीं रहता। आपके आमंत्रण पर पहुँचने पर मेरी चेतना जगी थी कि लौकिक से पारलौकिक जीवन मार्ग पर कुछ लोग तो अग्रसर होंगे ही पर कुछ नहीं हुआ। हम लोगों को आत्मा कल्याण की फ़िक्र कम रहती है पर व्यक्ति या सामाजिक कल्याण का अभियान हम बड़ी हिम्मत से चलाते हैं। आप जैसा ही आर्थिक रूप से सम्पन्न मैं भी था मुझे तो देखो। आपके इन मंदिरों में विराजमान कई भगवान उनमें विद्युत की जगमगाहट दुर्लभ वस्तुयें या उनको मिठाई का प्रसाद अर्पित करना शायद कारगर न हो पर, पर सेवा की कटिबद्धता एवं तपभरा वैराग्यकिसी केभी कल्याण का माध्यम बन जाता है। हमारा विश्वास ऐसे भगवानों पर केंद्रित रहता है जब सूर्य-ग्रहण या चन्द्र ग्रहण के समय मन्दिरों के पट बन्द हो जाते हैं। क्या राहु, केतु इन भगवानों के अधीन नहीं? ब्रह्मांड या ब्रह्मांडों का सर्वेश्वर (भगवान) इतना कमज़ोर नहीं हो सकता कि वह दुनिया में किसी से भयभीत हो। बात चाहे सनातन, इस्लाम, ईसाई, बौद्ध

अथवा किसी भी पंथ की हो उन शक्तियों (भगवानों) का सम्मान करना हमारी सांस्कृतिक परम्परा रही है मनुष्य से इन शक्तियों में कई गुनी अधिक क्षमता है और वे आदरणीय हैं। वह शक्ति अपने में जागृत करें।

हमारी आदत सी बन गयी है कि हमें जो कुछ विरासत में मिला है केवल उसे ही लादकर चलते रहें, वे चल भी रहे हैं यह कदापि उचित नहीं। आगे बढने का संकल्प करते हुये उस लक्ष्य पर पहुँचकरस्थिर हो जायें, जहाँ पहुँचकर कुछ भी करने की आवश्कता नहीं। पहुँचाने वाला माध्यम हमारे अन्दर ही विद्यमान है सिर्फ़हम हीउससे दूरी बनाये हुये हैं।

जहाँ तक भगवानों की बात है, कण-कण में संव्याप्त हैं, इस प्रकार अनेकानेक भगवान होना केवल काल्पनिक नहीं अपितु किसी सीमा तक उचित नहीं है। हमारे देवालयों में विद्यमान जो भगवान आसीन हैं उसका कारण उनकी घोर तपस्या एवं त्याग ही है, उनकी शक्ति तथा क्षमता है, आकर्षण है जो हमें उनकी ओर खींचता है। हमारे जीवन का लक्ष्य भी यही है कि लोग, हमारे आकर्षण के कारण हमारी ओर खिंचे चले आयें, हमें उनके पास न जाना पड़े। लोक, परलोक के संस्थानों में कोई एक नायक- नियन्ता अवश्य होता है ऐसा ही भगवानों में है उनका भी नियन्ता होता है जिसे हम एक ही नियंता या भगवान कहते हैं, नाम भले ही शिव, ईशु, अल्लाह हो पर वह एक ही है। यह तथ्य निकटता वाले जानते हैं।

11.

आँख खुले तो राह दिखे

हम अपनी आँख नहीं खोलना चाहते हम तो सवारी हैं, आँख नहीं खोलना चाहते, हम अपने सवारों की दृष्टि से निर्देशित होते हैं। चले जा रहे हैं। हर सामाजिक परम्परा, प्रचलन का एक समय होता है उसकी उपयोगिता न होने पर व्यय साध्य होने व सामाजिक वैसम्य को बढ़ाने के कारण उसके प्रचलन को समाप्त करना हमारा दायित्व है।

(क) बुन्देलखण्ड क्षेत्र में एक परम्परा है लड़के की शादी में उसकी जब बारात जाती है तो ग्राम के बाहर कुछ दूरी पर मिलने वाले जलाशय के समीप "घटोइया" नामक देव की घराती या उनके रिश्तेदारों से पूजन कराया जाता है। विवाह को सम्पन्न कराने वाले पंडित-पुरोहित अन्य सभी पूजन स्वयं करते हैं पर "घटोइया" पूजन स्वयं न करते हुये किसी अनहोनी (भूत) का भय दिखाकर विवाह पक्ष की ओर से कराते हैं। यही प्रक्रिया बारात वापसीपर दुल्हन के ग्राम से निकलते ही करायी जाती है तथा दूल्हे के ग्राम के निकट आते ही दोहरायी जाती है। यद्यपि "घटोइया" पूजन एक नारियल के अतिरिक्त ज़्यादाख़र्चीलानहीं किन्तु

प्रश्न यह उठता है कि जिसका पूजन पुरोहित न करके विवाह पक्ष से करवाता है, इसका क्या रहस्य है? क्या "घटोइया" हीन (हेय) है? तो इस एक ही धर्म-संस्कृति में यह विभाजन क्यों? अन्तर क्यों?

लगता है कि कुछ चतुरचालाक क़िस्मके लोगों ने जिन्हें सामाजिक समरसता से कोई ताल्लुक़नरहाहो उन्होंने आपस में मिलजुलकर सच्चे-सीधे व्यक्तियों के समाज के श्रम-दोहन का गुण-सूत्र तैयार किया हो। यद्यपि यह प्रचलन शनै-शनै तिरोहित हो रहा है जिसका कारण शिक्षा व जागृति है। अज्ञानतावश इस दौर से मैं भी गुज़राहूँ।

(ख) एक बुन्देलखण्डी कहावत है कि दूल्हा तीन दिन का राजा होता है, राजा अर्थात शक्तिशाली। शायद इसी आधार पर शक्ति सम्पन्न अश्व पर चढ़कर दुल्हन के द्वार पर दूल्हा को टीका चढ़ता है। इस प्रचलन का शुभारंभ अज्ञात होते हुये इतना तो ज्ञात है कि इस वैज्ञानिक युग में निर्मित होने वाले यंत्रों (इंजन) की शक्ति-इकाई भी हॉर्स पावर (अश्व शक्ति) कहलाती है। आज भी अश्वारोहण पूर्वक दूल्हे का टीका परम्परागत है।

विचारणीय गंभीर तथ्य यह भी है कि हम दैवीय शक्तियों के पोषक व अनुयायी हैं न कि दानवीय-शक्ति के, जबकि गरुड़ पुराण में (जो कि सनातन-धर्म-ग्रन्थ है) उल्लेखित है कि अश्व अर्थात घोड़ा राक्षसी जानवर है। लेकिन हम देव-पक्षीय लोग उस अश्व का उपयोग किस लाचारी में कर रहे है जबकिउसका भाड़ा भुगतान उनकी सामर्थ्य से बाहर होता जा रहा है। यदि गरुड़ पुराण-सनातन ग्रन्थ नहीं है तो यह भ्रम जाल तोड़ना क्या उनकी ज़िम्मेदारीनहीं जो समाज के अगुवा व उसी पर उदर पूर्ति अवलम्बित हैं ?

(ग) दो पहलू वाले सिक्के की तरह मानव सहित सभी प्राणियों की गत्यात्मकता भी दोपहलुओं वाली होती है। जिसे जो अच्छा लगता है, उसी दिशा में अग्रसर होता है, तथा यही उसका धर्म कहलाता है। धर्म तो प्राण की स्वाभाविक प्रक्रिया है, अमुक व्यक्ति भरोसेमन्द है किन्तु अमुक तो इतना अविश्वसनीय है कि कब क्या कर बैठे। अच्छे-बुरे छोटे-बड़े के रूप में इस

प्रकार के अनंत पहलू-युग्म क्रियाशील हैं जिनमें से हमें सद्धर्म (शुभ) को मानव होने के नाते स्वीकारना होता है, यह विकासवादी धर्मान्तरण कहलाता है। इसे अपनाते हुये सनातन इस विश्व में अग्रसर रहते हुये भी अल्प-संख्यक क्यों रह गया? जबकि किसी दुकान का विधिवत लम्बे संचालन के कारण विस्तार कई गुना हो जाता है। संभवतः हम ऐसे विकासवादी धर्म में तात्कालिक धर्म की आवश्यकता को समाहित नहीं कर पाये । हमने अलौकिक स्वर्गा रोहण मार्गी अभ्यासरत रहते हुये कभी सोचा तक नहीं कि जिस भू पर हमने जन्म लिया वहाँ के धर्म की ज़रुरतभी पड़ सकती है। इस असार संसार में तब कुछ भीशिव दिखायी नहीं दिया, जबकि आज आक्रान्ता, अल्प-संख्यक, बहु-संख्यक, अभाव, जीवन समस्या, संघर्ष की विषाक्त भाषा के स्वर गूँजरहे हैं। संभव तो यह भी है कि तथाकथित अलौकिक स्वर्ग में हम सनातन ही बहु-संख्यक हों जिस कारण धरती पर अल्प-संख्यक रह गये हों। यही कारण से शायद लोक धर्म त्याज्य रखा हो।

न्याय संगत निष्कर्ष तो निकल कर यही आता है कि जहाँ पर मानव-जीवन सुखद, शान्ति-प्रिय हो उसी ओर मनुष्य जाता नहीं, दौड़ता है। भूत में भयभीत लोग निर्देशित दिशा में धकेले जाते थे, आज प्रगत विश्व में अधिकांशतः जग भर में लोक-तन्त्र का विस्तार हुआ है, नागरिकों को स्वतंत्रजीवन जीने का अधिकार है। किसी भी धर्म को अपनायें। सभी धर्मों में बुराई से परहेज़रखने का नियम है। धर्म मानवी जीवन के सुख एवं तरक्क़ीके हेतु ही होता है न कि किसी देव, दानव अथवा ईश्वर के हेतु। चूँकिउनके पास सब कुछ है वह भी उन्हींका, हम आप उन्हें क्या दे सकते हैं? अपने भीतर व्याप्त भय को हटाकर तो देखें वह भूत हमारा कुछ नहीं बिगाड़ेगा, पूर्वजों के सदृष्य वह हमारा आदरणीय वृद्ध है तथा कुछ उपयोगी परम्पराओं का जो प्रदाता भी है, उसके इशारों को समझने का प्रयास करें।

12.

शारीरिक श्रम शक्ति का सदुपयोग

भूतकाल में मशीनों के अभाव में शारीरिक-श्रम तो वर्ण व्यवसृथानुसार बहुत होता था किन्तु उसका समाज हित में या यूँ कहें कि छोटे तबक़े को उत्थित करने हेतु नहीं अपितु तत्कालीन तथाकथित बड़े लोगों की सेवार्थ ही अनिवार्य था जबकि चतुर्थ व तृतीय (सूद्र, वैश्य) वर्ण सर्वाधिक शारीरिक रूप से श्रमी होते थे। वर्तमान में मशीनी श्रम उपलब्ध होते हुये निम्न तबक़ेका व्यक्ति महगेपन के कारण उससे लाभान्वित नहीं हो पाता। वैसे मशीनी युग ने इस स्तर के लोगों की रोज़ीछीन ली है, धन का केन्द्रीयकरण होता जा रहा है और यह तबक़ाशोषण के वशीभूत। पहले बड़े लोग उनके शारीरिक श्रम का शोषण करते थे, वहीं औद्योगीकरण के कारण आज उद्योगपति कर रहे हैं।

गाँधी जी ने एकबार कहा था कि किसी भी नागरिक को रोटी खाने का अधिकार नहीं है जो शारीरिक श्रम नहीं करता, भले वह बुद्धिजीवी ही क्यों न हो। जनतन्त्र से स्नेह करने वालों में ऐसी कटिबद्धता होना आवश्यक है। चाहे धन्नासेठ हों या सरकारी कर्मचारी एवं अधिकारी, निर्वाचित सब जन-प्रतिनिधि

हों अथवा मंत्रीगण, सभी को आश्वस्त होना चाहिये कि भले कुछ समय ही क्यों न हो शारीरिक श्रम हमें आज की आवश्यकता है जो हमारे स्वास्थ्य की रक्षा भी करेगा तथा कहीं न कहीं हमारी अर्थव्यवस्था को पुष्ट करेगा। बात आचार की अधिक प्रचार की कम है। दस जून 2024 के दैनिक भास्कर समाचार पत्र में पढ़ा कि मध्य प्रदेश सरकार जो इसी वर्ष पिछले महीनोंमें निर्वाचित हुयी उसने अपने प्रथम बजट पेश करने हेतु आम नागरिकों से एक निश्चित तिथि तक अपने सुझाव आमंत्रित किये हैं। ताकि अर्थ संतुलन के साथ साथ जनता की ज़रूरतोंकी पूर्ति हो सके। सुझाव पहुँचेंगे तथा कई तो बड़े सारगर्भित भी होंगे पर लागू तो सरकार को करना है जिसके पास एक से बढ़कर एक माहिर विद्वान एवं सचिव मौजूद हैं उन्हें इन सुझावों की आवश्यकता क्यों है? जबकि सम्मानीय मुख्यमंत्री जी डा. मोहन यादव स्वयं कम से कम पाँच डिग्री धारक मनीषी हैं।

प्रदेश क्या देश आर्थिक क़र्ज़ेमें है, ऐसे समय में जो भी सरकार हो उसे अपनी क्षमता, सीमा दबाव के मुताबिक़कोई मार्ग खोजना पड़ता है, बाकी सब औपचारिकतायें हैं। प्रजातंत्र में कोई भी राजनैतिक दल मतदाता से पंगा लेने की कल्पना तक नहीं कर सकता किन्तु कुछ ऐसे दल भी है जो सर्व-जन हिताय की उपेक्षा कर, स्वहित उपाय पर उतारू हो जाते हैं।

राजतन्त्र में राजा को भगवान के रूप में माना जाता था जिसका फ़र्ज़होता था अपनी प्रजा का पुत्रों की तरह पालन-पोषण करे, होता भी था, ऐसा सनातन-ग्रन्थों में उल्लेख है। आज प्रजातन्त्र में तो यह भाव द्विगुणित होना चाहिये था, पर हो यह रहा है कि वसुधैव कुटुम्बकम की भावना की दुर्गति कर, नीति निर्देशक तत्व "धर्मनिरपेक्षिता" का मखौल उड़ाया जा रहा है। संविधान में उक्त तत्व का आशय यह है कि प्रजा या जनता प्रचलित किसी भी धर्म की अनुयायी हो, सरकार किसी भी धर्म का पक्ष न करते हुये समग्र जन-समाज की संरक्षक रहेगी। कुटेवी लोगों ने इस नीति निर्देशक तत्व को दुर्भावना या पक्षपाती रूप से मनमाने तरीक़ेसे भोली जनता में प्रचारित प्रसारित किया है। कहा गया कि वह कैसी सरकार जिसका कोई धर्म न हो?

प्रधानमंत्री मोदी जी अपने तीसरे कार्यकाल कीशपथ लेते हुये दिनांक नौ जून 2024 (09-6-2024) को भारतीय संविधान की पुस्तक को नमन करते हुये समाचार पत्रों में दिखायी दे रहे हैं वहीं शपथ ग्रहण-समारोह की भव्यता के क्रमोन्नत प्रतीक जो प्रदर्शित हुये वे उनकी मन की बात आधारित झाँकियाँप्रतीत हुयीं। आख़िरमन तो मन है, जो मुझे भी उसी दिशा में बहुत दूर खींच लाया।

आओ! थोड़ा पीछे लौटें। म०प्र० के बजट-सुझाव सम्बन्धी विचार तो उठते हैं लेकिन मैं उन्हें इसलिये प्रेषित नहीं करना चाहता चूँकिये क़ानूनपरिवर्तन से सम्बंधित विचार होकर प्रायोगिक रूप से दुरुह अधिक हैं तथा केन्द्रीय शासन से सम्बन्धित भी। जिस शासन की दृढ़ता, जिस दिशा में बढ़ रही हो वह पीछे कैसे हट सकता है? होना यह चाहिये कि- (अ) रक्षा, स्वास्थ, शिक्षा, पुलिस, न्याय सरीखे अनिवार्य विभागों पर जो अनुत्पादक हैं, उन्हें छोड़कर शेष विभाग जो अनुत्पादक होकर ख़र्चीलेअधिक हैं, उन्हें समाप्त किया जाना चाहिये। (आ) शासकीय व सामाजिक स्तर पर भिक्षावृति के विरुद्ध सख़्तव्यवहार हो जिससे युवा लोग उत्पादकता से जुड़कर जीवन यापन कर सकें यह नियोजन सरकार को करना चाहिये। वृद्धों, अपंगों, पागलों की आश्रम व्यवस्था विकसित की जानी चाहिये (इ) इस देश में लाखों की संख्या में साधु, संत, फ़क़ीरमहंत आदि हैं उनके जीवन का व्ययभार शासन की अपेक्षा, ट्रस्टों आधारित होना चाहिये जिन पर शासन का नियंत्रण, निगरानी रहे। शक्ति पीठों, मन्दिरों, मस्जिदों और इस प्रकार के संस्थानों पर इतना धन है जो देश के समस्त राजकोषों में उपलब्ध नहीं, उसे उजागर कर सरकार को ट्रस्टों में विभाजित कर देना चाहियेजो चाहे वहीसंत,पीर, फ़क़ीरबाबा बनकर माँगता घूमता है यह उचित नहीं। नये लोगों को साधु-बाबा बनने के लिये इन ट्रस्टों पर अपना नामांकन कराना चाहिये (ई) नये मन्दिर-मस्जिद निर्माण में शासन की अनुमति भर होते ही सभी प्रकार के व्यय भार से मुक्त रहना चाहिये। (3) सभी धर्मोंसे सम्बन्धित उनके अलग अलग संघों का गठन होना चाहिये जिनके अधीन पुजारी, मौलवी, पादरी आदि निर्देशानुसार कार्यरत रहेंगे। निगरानी नियंत्रण छोड़कर सरकार को इन धार्मिक संस्थानों पर एक पैसा भी ख़र्चनहीं करना चाहिये जबकि हम देखते हैं कि सन

2014 से तो सरकार का एक ख़ासधर्म पर विशेष रुझान बढ़ा है, विविध धर्मों वालेभारतीय समाज का अरबों रुपये जो सभी का जीवन स्तर ऊँचा उठा सकता था एक तरफ़ापानी की तरह बहा दिया है जिस व्यय की भूमिका सरीखे कार्य इस देश को क़र्ज़दार, पढ़े-लिखों को बेरोज़गारबनाते हैं। सबका साथ सबका विकास का क्या यही अर्थ है? विद्युत विभाग की तरह रेलवे विभाग सरीखे अर्थ उत्पादक विभाग प्राइवेटसेक्टर में सौंपने की तैयारी है जबकि धर्म के नाम पर अरबों ख़र्चकर क्या हासिल होने वाला है। यदि धर्म है भी तो व्यक्तिगत मामला है। सामाजिक मामला है। शादियों की तरह कि लड़का या लड़की नाबालिग़तो नहीं है, जिसकी शादी सम्पन्न हो रही है। उसी तरह समस्त धर्मों पर सरकार की निगाह रहे न कि तीर्थ यात्रायें करवाये तथा शादियों में सरकारी कोष का धन व्यय किया जाये। उक्त दोनों गति-विधियाँ सामाजिक स्तरीय या उससे सम्बन्धित हैंन कि सरकार से सम्बन्धित। सरकार का इनसे सम्बन्ध तो यह है कि उसकी नियमावली के विरुद्ध कहीं कुछ ऊलजलूल कार्य तो नहीं हो रहा, चूँकि वह समाज व राज्य की शुभता की स्वामी है। अपनी आर्थिक क्षमता के अनुरूप किसी भी मद पर व्यय करने हेतु सरकार अधिकृत है। यह सब होते हुये भी नियोजित जलाशय का जल-स्तर उठाने हेतु राजकोषीय जलद औंधा (उल्टा) करने की स्थिति में भी जलाशय की तली में दरकी दरारों में अथाह जल तिरोहित हो गया है। सर-शैया पर प्यासे पड़े भीष्म की प्यास बुझाने कोई अर्जुन दिखायी नहीं देता जो अपने नुकीले शौर्य-सर से उपरोक्त वर्णित स्वार्थ की मोटी परतेंवेधकर निधि-नीर का फ़व्वारालाये, लाचारों की प्यास बुझाये।

(ऊ)- बेरोज़गारप्रशिक्षित पढ़े लिखे युवाओं का "अग्निवीर" की तर्ज़पर सावधि सेवायें देने वाला विभाग राज्य सरकारों को बनाना चाहिये जिसमें बेरोज़गारोंको विधिवत अल्पावधि नियुक्ति देकर युवा-श्रम-शक्ति का सदुपयोग इस प्रकार किया जाना चाहिये।

शासकीय योजनांतर्गत विविधप्रकार के हित-ग्राहियों को शासकीय-ऋण लेने का प्रावधान है। उन्हें नक़दरूप में क़र्ज़न देकर जिस कार्य की पूर्ति हेतु ऋण

दिया जाना था उस कार्य को शासन के सावधि वाले विभाग के (कुछ भी नाम रखें) कर्मचारियों द्वारा पूरा कराना चाहिये। उन कर्मचारियों की योग्यता साक्षर होने के अतिरिक्त उन विधाओं में कौशल होना अनिवार्य है जिन कार्यों हेतु हित-ग्राही क़र्ज़के लिये आवेदन करते हैं। कर्मचारी को कम से कम एक विधा में कौशल होना ज़रूरीहै। यथा हितग्राही को कुआँखुदवाना, विद्युतडी. पी. रखवाना, राज (कारीगरी) का कार्य करवाना आदि सरीखे हितग्राहियों का कार्य कराने हेतु सरकार नक़दन देकर उसको स्वयं नये विभागीय कर्मचारियों से सरकार करवायेगी। इससे लाभ यह होगा कि- नो वर्क नो पे के तहत कर्मचारी निठल्ले नहीं रह सकते, बहाने बनाने का कोई मौक़ानहीं, काग़ज़पर काम दिखे -घरातल पर कुछ हुआ ही नहीं, जिस हितग्राही का कार्य न होगा वह चिल्लायेगा। घूसखोरी कम होगी।

किसी भी राज्य सरकार केन्द्र सरकार अथवा समाज की आर्थिक स्थिति टनाटन होना सम्भव है, बशर्ते - सरकार, नेतागण उल्लिखित सुझावों को लागू करें समर्थन करें। सच्चे जन-सेवक में सिर्फ़सेवा का संकल्प होता है, कोई विकल्प नहीं। हर सरकार को ऐसे कठोर निर्णय लेने में भय लगता है, निर्भीक इसलिये हैं कि विकल्प में (सरकार में) तो हैं संकल्प में न सही। किन्तु यथार्थ तो स्वयं सिद्ध है, जो लोग सत्य-वृत्ति के एकांगी संकल्पी हैं, उन्हें विकल्प तो अनचाहे ही समर्पण करने लगता है।

13.

उन्मत्त भूत

इतना तो प्रमाणित है कि भूत उन्मादी था, जिसके वाहक के रूप में हमारा प्रदर्शन प्रमाणित कर रहा है। विस्तार में न जाते हुये उन्माद की प्रासंगिकता का उद्गम भूत ही है जिसे हम उसके प्राचीन धार्मिक ग्रन्थों, आख्यानों में पा सकते हैं। (क)- वेदों में उल्लिखितहै कि स्वर्गाधीश महेन्द्र (इन्द्र) को प्रसन्न करने के लिये तत्कालीन बड़ी बड़ी हस्तियाँ उसे सोमरस नामक पेय जो एक प्रकार के पत्थर से तैयार होता था, पिलाते थे। देवता स्वयं पिया करते थे जिस कारण उसे सुरा भी कहा जाता था, अर्थात सुरों (देवताओं) का पेय। यह मादक होता था जिस कारण स्वर्गाधिति (इन्द्र) देवराज जो अटूट सम्पत्ति एवं शक्ति का स्वामी था अपनी सचरित्रता सुरक्षित न रख सका तत्समय ऐसी दुष्वृतियों के प्रचलन को सहन किया जाता रहा हो, किन्तु आज के प्रगतिशील युग में वह घृणित एवं असह्य है।

(ख) यह कथानक भी सर्वविदित है कि समुद्र-मंथन के समय विष नाम का ख़तरनाकपदार्थ समुद्र से निकला था जिसके सेवन से प्राणान्त हो जाता है, उसे

शिवजी ने अपने कंठ में (विश्व-प्राण रक्षार्थ) रख लिया था इसी कारण शिव का नाम कंठ नीला पड़ने से एक नाम नील-कंठ पड़ गया था। कथानक का यथार्थ क्या है, उससे कुछ तात्पर्य यदि है तो यह, कि धर्म का हवाला देकर जीवन बर्बाद करने वालों को बचाया जाये। लोग अपने दुर्व्यसनों को सही साबित करने के लिये गाँजा, भाँग सरीखे ज़हरको शिव जी का प्रसाद मानते हुये निरन्तर सेवन कर स्वयं का एवं परिवार का जीवन बर्बाद कर रहे हैं।

आज़ाद -भारतीय-जनतन्त्र के नागरिक होकर कुछ लोग गाँजा, भाँग, चरस, गुटखा, बीड़ी, सिगरेट तथा ब्राउन शूगरसरीखे निषेध पदार्थों के सेवन से किस तरह के भारतीय समाज निर्माण का प्रयास कर रहे हैं?इनके लिये किसका भय है? जिन्हें अपने बच्चों की भूख प्यास की चीख सुनायी न देती हो, सरकार को ऐसों के साथ सख़्तीसे पेश आना चाहिये। उसे धर्म एवं औचित्य का पृष्ठ-पोषक होने के नाते देश व भविष्य के समाज की सुख-समृद्धि एवं सुन्दरता के लिये मृत्युकी अनुचित-वृत्ति की सवारी बने रहने की ज़िदनहीं स्वीकारनी चाहिये।

14.

स्वाबलम्बन के प्रति संकोच

भूत की सवारी बने रहनेमें कैसी प्रतिष्ठा, कैसा बड़प्पन? शानदार तो सवार ही होता है अतः क्यों न सवार बनने का यत्न किया जाये?

कुछ सौ वर्ष पहलेबहुसंख्यक, निम्न वर्ण के लोग अपना तथा उच्च वर्ण के सेवा का कार्य किया करते थे। वर्तमान में परिस्थितियाँ या यूँकहें, हालात बदले हैं, तदनुरूप व्यक्ति या समाज को भी बदलना आवश्यक हो गया है। प्रजातन्त्र में किसी व्यक्ति पर अपना कार्य कराने के लिये दबाव नहीं डाला जा सकता। पानी, सफ़ाई,आटा, प्रकाश आदि अनिवार्य आवश्यकतायें हैं। तब समाज का निम्न तबक़ाकुँएसे पानी, पत्थर की आटा चक्की चलाकर आटा, ख़ासपौधों की सींकोसे झाड़ू बनाकर सफ़ाई,जंगल से लकड़ीलाकर रसोई का काम चलाता था। आज बाज़ारव्यवस्था है, पैसे दो, चाही गई वस्तु प्राप्त करो। यहाँ तक कि घर का बाहरी दरवाज़ाबन्द करो, भीतर ही पानी, आटा, मसाला, बिजली, किचिन-बाथ, संडास आदि उपलब्ध हैं महीनोंतक वह दरवाज़ामत खोलो, काम चलता रहेगा। ऐसी सुविधा सम्पन्न व्यवस्था में हमें या तथाकथित

बड़े लोगों को स्वीकारने में किस तरह की शर्म या संकोच? अब हज्जामहजामत के लिये किसी के घर नहीं जा सकेगा। सफ़ाईकर्मी, रसोइया, बिना भुगतान किये आपके घर पर किसी कार्य को करने हेतु आने के लिये बाध्य नहीं है। ऐसे समय में हमें अपनी दाढ़ीस्वयं बनाने, आँगन में झाड़ू लगाने, अपने दुधारू जानवरों को खिलाने-पिलाने, बाज़ारसे ज़रूरीसामान कंधे पर लाद कर घर ले आने तथा पैतृक कार्य में व्यस्त होने में किस प्रकार का संकोच? स्वावलम्बन रहित भूत आज हम पर भारी पड़ रहा है फिर भी हम उसे पटक देने को तैयार नहीं हैं, क्योंकि हमारे भीतर समाज से कुछ हटकर अलग होने का भूत ही हमें शहदेता है कि हम इतने दूर पड़ जायें ताकि वक़्तपर कोई हमारी आवाज़तक न सुने।

15.

उत्सवी रंगत का रंज

भूतकाल में प्रचलित सभी धर्मों, पंथों, क़बीलोंआदि में मुख्यतः वर्तमान भारतीय भूमि पर उत्सवी रंगत का प्रभाव अन्य विधाओं की अपेक्षा कुछ अधिक ही रहा है। इसे हम सनातन (कथित हिन्दू) के इर्द-गिर्द ख़ासतौरसे समझ सकते हैं। शिक्षा, सांगठनिक-रण-कौशल, हमारा घर, जीवन की समता आधारित आज़ादीके सम्बन्ध में उत्सवी रंगत-पसन्द लोगों ने सोचने तक नहीं दिया, उन्हें दीक्षित करने का प्रश्न ही नहीं उठता ।फलतः विदेशी आक्रान्ताओं ने हमारी सांस्कृतिक अस्मिता पर हमला करके परतन्त्रता भोगने को विवश कर दिया। उनका सामना करने के लिये हम सक्षम ही नहीं थे, पर दोष आज उनकोदिया जाता है जो सच होने के साथ साथ हमें अपने दायित्व से मुक्त नहीं कर सकता।

इस भूमि पर भी राजा लोग एक दूसरे पर हमला करके विजित का सबकुछ हड़पने कोतैयार रहते थे सहयोग संगठन से आगे बढ़ने में अपनी तौहीन समझते थे।

अपने पड़ोसियों को भी बाहरी आक्रान्ता से पिटते देख द्रवित होकर उनकी मदद की अपेक्षा आक्रान्ता से ही मिल जाते थे। झाँसी की रानी लक्ष्मीबाई व पड़ोसी ग्वालियर राजा सिंधिया का वृतान्त जगज़ाहिरहै। पृथ्वीराज और जयचन्द जैसे घटनाक्रम इस भूमि पर बहुत घटित हुये हैं जबकि विदेशियों में आपसी तालमेल देखा जा सकता है।

चाहे उत्सव धार्मिक, सामाजिक अथवा किसी महापुरुष के सम्मान का हो इस स्वतन्त्र भारत में, प्रगतिशील देश में जितना धन व समय ऐसे उत्सवों में बर्बाद किया जाता है उतना संभवतः किसी अन्य देश में नहीं। इस प्रकार के बड़े, निरन्तर लम्बे व ख़र्चीलेउत्सवों की हमारे लिये उपलब्धि क्या है? गंभीरता पूर्वक विचार करें। वैसे तो हिन्दुओं में वर्ष का प्रत्येक दिन किसी न किसी उत्सव के रूप में है, फिर भी वर्ष में दो बार नौ-नौ दिन का नवदुर्गा, उत्सव, दशहरा से दिवाली, रक्षाबन्धन से जन्माष्टमी, होली, मकर संक्रान्ति, गणेशोत्सव अधिकमास श्रीरामकथा श्रीमद- भागवत कथा का सप्ताह, आदि ऐसे दीर्घकालिक उत्सव हैं, जिनमें लोगों का महत्वपूर्ण समय और अनपेक्षित धन इस मँहगाई में व्यय होता है। विद्यार्थी बच्चों का मन लम्बे समय तक विकेन्द्रित रहकर पढ़ाई लिखायी में क्षतिहोती है। रक्षाबंधन के दिन से जन्माष्टमी तक पंडित, पुरोहितों द्वारा यजमानों को राखी बाँधीजाती है, यहाँ तक रिश्तेदारों में भी मानदान (पूज्य) रिश्तेदार भी राखी बाँधने लग गये हैं जिसके बदले में राखी बाँधने वालों कीअच्छी आमदनी होती है जबकि रक्षाबंधन सिर्फ़भाई-बहन का त्यौहार है। स्व. श्री लोकमान्य तिलक ने भारतीय आज़ादीके लिये नेताओं को आपस में मिलते हुये विचार विमर्श के लिये बहाने के रूप में गणेशोत्सव प्रारम्भ किया था ताकि अंग्रेज़सरकार को गोपनीयता का पता न चले। आज हम आज़ादहो गये फिर भी यह उत्सव अब भी देश भर में अरबों रुपये बर्बादी के साथ अमूल्य समय नष्ट करते हुये जल प्रदूषण के लिये प्रगत है। श्रीमद्भागवत कथा का सार यथा कर्म, तथा फल का सन्देश क्या हमें सुनायी दिया?

देश काल, परिस्थिति के अनुकूल हम अपने आप को संभाले बिना व्यक्ति

एवं समाज का कल्याण नहीं कर सकते, कल्याण अपना करना है न कि किसी उत्सव, परम्परा का, किसी की रोज़ीका, किसी ईश्वर का जो सक्षम होकर भी अवलंबित रहना चाहता है। ऐसा सोच हमारी भूल है।

रंज इस बात का है कि जीवन में जिस आचार की उपयोगिता नहीं उसे ही हम लादे हुये किस दिशा में बढ़ रहे हैं? इस कथन का आशय यह नहीं कि यह सब बन्द किया जाये। सच्चाईतो यह है कि जिस ईश्वर ने हमें अनुग्रह करके जो विवेक दिया है वह किस काम की वस्तु है? क्यों न उसका सदुपयोग किया जाये?

16.

मातृशक्ति का अपमान

वर्तमान की अपेक्षा भूतकाल, मातृशक्ति को अपमानित करने मेंअग्रगण्य था। राज-मद की तात्कालिक अनेक विकृतियाँ महिलाओं सम्बन्धी अभिशाप कहा जा सकता है। सीता का अपहरण गौतम ऋषि पत्नि-अहिल्या का चरित्र -हनन जैसी अनेक घटनायें, राज-मद के कारण हुयीं, द्रौपदी का अपमान जो भरेराज दरबारमें अनेक महारथी योद्धाओं के समक्ष हुआ, क्या प्रशंसनीय था? कुन्ती- सूर्य, मल्लाह कन्या-ऋषि पाराशर के बीच जो अनैच्छिक - दबाव के घटनाक्रम हुये क्या उन्हें न्याय के प्रतीक मान्य किये जा सकते हैं? कदापि नहीं। हाँ नाम मात्र ही सही किन्तु शबरी के जूठे बेर, रुक्मणी-हरण आदि सरीखे घटना-क्रमअति प्रशंसनीय सामाजिक समरसता के प्रसंग हैं। माता का भाव बड़ा आल्हाद भरा, वात्सल्यमें सराबोर करने वाली मूक ध्वनि है, अनेक रूपों में हम भी उसे सम्मान से पुकारते हैं, गोमाता, भारत माता, जननी माता, पालक माता, विद्या माता या मातृभाषा के रूप में भाषा को माता ही तो कहते हैं। राम ने माता कैकेयी की इच्छा पूर्ति के लिये पिता दशरथ जी के वन-गमन का आदेश

पालन किया था। फिर भी भूतकाल में राजाओं के द्वारा गोमेध, अश्वमेध आदि यज्ञ सम्पन्न कराये जाते थे जिनमें गाय व अश्व की बलि दियेजाने का उल्लेख है। क्या तब गाय को माता नहीं माना जाता था? क्या उसी कड़ी के तारतम्य में कुछ अत्याचारी लोग लुक छिपकर गोवंश की नृशंस हत्या तो नहीं कर रहे। वह तंत्र व क्षण जिसमें गाय को माता की मान्यता मिली, वहीजीवन का स्वर्णयुग है जिसने हमें उसके बहुआयामी उपयोग के प्रति आकर्षित कर लाभान्वित होने का अवसर दिया।

विडम्बना यह है कि भूत का कोई न कोई लक्षण या वर्तमान की मानसिकता गायों को सड़कों पर भूखी- प्यासी ठोकरें खाने के लिये विवश करती है। वाहनों में भरे हुये संदिग्ध पशुओं को कुछ पशु-हितैषी संगठन उनको छुड़ा तो लेते हैं पर वे कैसे जियें, इसकी फ़िक्र किसी को नहीं। क्या गायों को पालने वाले तथा कथित हिन्दू ही वो लोग नहीं जो उनका दूध दुहकर आवारा भूखों प्यासों मरने के लिये छोड़ देते हैं? लिखना इसके लिये पड़ रहा है कि जिनको गायों की फ़िक्रहैउनको बचाने की पहल करते हैं, करना भी चाहिये। मध्य प्रदेश में कमलनाथ जी की पन्द्रह माह टिकी सरकार ने गोशालाओं को बढ़ाने का प्रयास किया था चूँकियह प्रयास राज्य एवं सामाजिक हित में था जबकि जिस दल से पूर्व मुख्य मंत्री आये थे वह दल इस मामले में केवल दुष्प्रचार का शिकार है। आज गोमाता के कल्याण के सारे मार्ग बंद हैं उसकी चिंता न गोपालकों को है न ही सरकार को। बिना उत्पादन वाली मदों में राजकोषीय धन का अपव्यय हो रहा है।

अपनी माँ को प्यार और की को तिरस्कार उपरोक्त उक्ति ऐसे दिल-जलों की है जो अपने अस्तित्व के अतिरिक्त किसी अन्य का देखना ही नहीं चाहते। व्यक्ति या समाज कोई भी भाषा-भाषायी क्यों न हो उसे अपनी भाषा को प्राथमिक मानते हुये दूसरी भाषा का सम्मान करना सीखना चाहिये क्योंकि हमने भाषा को भी माता माना है। आप अपनी माता का अपमान सहन नहीं कर सकते, मैं अपनी माँ का करूँ, यह कैसे हो सकता है। यह हर भाषा-भाषायी को समझना ज़रूरीहै, फिर भाषा तो विचार के आदान-प्रदान का माध्यम मात्र है। माँ

का महत्व सभी को एक जैसा है।

अपेक्षा की जाती है कि भूतकाल की अपेक्षा, वर्तमान को अधिक मातृ-शक्ति-सम्पन्न बनाया जाये। कोई भी अवला अवला न रहे किन्तु बहन, माता, चाची, मामी, पुत्री, पत्नी, भाभी, नानी, दादी आदि के रूप में इस विश्व-पटल पर बहु-आयामी प्रतिभा का प्रदर्शन करे। प्रदर्शन की ऊँचाई के लिये वर्तमान क़ानूनीसीढ़ियाँ कम पड़ सकतीं हैं ऐसे में अपने गौरव के उत्थान एवं निजी नारीत्व की सुरक्षा के लिये किसी अन्य का नहीं अपितु अपने भीतर भरे अगाध साहस को उभार कर सबला बने। भूत पलायन कर जाये, इस हेतु समग्र विश्व ने दिनांक आठ मार्च को प्रतिवर्ष महिलाओंके लिये अवसर के रूप में "विश्व-महिला-दिवस" मनाना प्रारम्भ कर दिया है।

17.

उन्नति-विहीन जयकारे की भूख

प्राचीन काल में राज्य-तंत्रीय व्यवस्थान्तर्गत राजा महाराजाओंमें राजकोषीय सम्पन्नता एवं सामाजिक स्तरीय प्रगति के हेतु रुझान का अभाव था। निर्माण, हस्त-शिल्प आदि कीकलायें यद्यपि रोज़गारपरख होने के नाते स्वतः अच्छे अस्तित्व में थीं किन्तु तत्कालीन राजतन्त्र में कुछ सत्ताधीशों को छोड़कर अधिकांश का रुझान इस प्रकार का नहीं था कि इस हेतुसंस्थानों का गठन कर कारीगरों को प्रशिक्षण दिया जाये सामाजिक वर्गीकरण के कारण जातीय समाजों में कुछ के प्रति हीनता की वजह से परस्पर दूरियाँ ही रहा करतीथीं। पारस्परिक निकटता सम्बन्धी संगठनों की आवश्यकता आम लोगों की प्रगति में सहायक होती है जो अर्वाचीन समाज में प्रत्यक्ष दिखायी देती है।

भूतकाल में राजों महाराजों की दृष्टि अपने राज्य की सुरक्षा पर तो रहती ही थी किन्तु अड़ोस-पड़ोस के राजाओं में प्रगति हेतु आपसी सम्मेलनों की अपेक्षा एक दूसरे पर हमले कर उनको आधीन कर उनके राज्य और ख़ज़ानेपर क़ब्ज़ाकरने की नीयत रहती थी। विजयी शासक की जय के नारे विजयी एवं

विजित पक्ष के लोग लगाते थे जो उन दिनों एक विशेष जश्न के रूप में मनाया जाता था। उनकी इस प्रकार की दृढ़ इच्छा उनकी भूख के रूप में निरूपित की जा सकती है। उनकी फ़ौजएवं हथियारों तक की व्यवस्था के लिये भी वे अधिक चिंतित नहीं दिखायी देते थे। आक्रमण, लूट, जय पराजय आदि के अतिरिक्त किसी तरह के समझौते, सामंजस्य, सहमति के निर्णग का प्रचलन क़तईनहीं था। अपने जयकार की गूंज के अलावा सामाजिक विकास आर्थिक विकास के प्रति ख़ासेअन्यमनस्क थे। जिसका मूल कारण अशिक्षा था।सैनिक भी एक विशेष वर्ग के हुआ करते थे जो संख्या के तहत आक्रान्ता के समक्ष ओछे पड़ते थे, फलतः पराजय हस्तगत होती थी। जन-धन हानि भी होती थी किन्तु इसकी चिन्ता किसे थी ?

राम-रावण-युद्ध महाभारत-युद्ध जो कि एक प्रकार से पारिवारिक-युद्ध था अवतारी श्रीकृष्ण तक नहीं टाल सके। राम-रावण- युद्ध अवतारी श्री राम भी न टाल सके, यह युद्ध सांस्कृतिक विरोधाभाषों का लगता है जिसे संभवतः टाला जा सकता था, फिर होना तो यही था जो यथार्थ है, अवतारियों से परे है।

विरोधाभासों की वृद्धि युद्ध का परिणाम होता है, युद्ध का परिणाम जय, पराजय निर्धारित है क्या मनुष्य होने के नाते विरोधाभासों को सामंजस्य में नहीं बदला जा सकता? संभव तो है किन्तु जब प्रयत्न ही न किया जाये तो किसी न किसी की जयकारों की भूख तो मिटेगी ही। युद्ध में हताहत-जनों की फ़िक्र किसे है? युद्ध अर्वाचीन काल में भी हुये हैं, हो रहे हैं, अब अधिकांश भू-भाग जनतान्त्रिक आधार पर राजाओं के राज्य की अपेक्षा कुछ देशों के रूप में अवतरित हुआ है जहाँ शिक्षा, प्रौद्यिगिकी, समता, सहकार आधारित मानव कल्याण का विमर्श होता है। अतः मानवता की भलाई के संदर्भ में आज भूत की साँसे भरती जयकारों की भूख को अनसुना करने की ज़रूरतआ पड़ी है।

मान लिया जाये कि परस्पर प्रतिद्वन्दियों के बीच किसी मुद्देपर भरसकप्रयास के बाद भी सहमति न बनने के कारण युद्ध के रूप में जो जन-संहार हुआ वह अवांछनीय इसलिये कहा जा सकता है कि शुभ चिंतन का क्रियान्वयन भी

ज़राइंतज़ार के बाद किया जाना चाहिये ताकि असहमत को अकेले में गंभीरता से सोचने के लिये कुछ अतरिक्त समय मिल सके। फिर श्रेष्ठ जीवन का लक्ष्य जिसे लोक मंगल की पिपासा हो, किसी एक युद्ध में विजय पाकर जयकारों के बीच प्रमुदित हो जाना सिर्फ़ उद्देश्य पूर्ति को विराम देना है। महत्व के जीवन, में महत्व का अंत नहीं होता, अतः किसी विजय के पड़ाव में संतुष्ट होना, निष्क्रिय निरुद्देश्य होकर अहंकार का प्रतीक ही तो है। जयकारों के सुकून में सभी सम्बन्धितों के जीवन का लक्ष्य काफ़ूरहो जाता है। वह जीवन ही क्या? जिसमें अंतिम क्षणों तक उपयोगिता पूर्ण कार्यों की सामयिक क्रियाशीलता का सुरूर ही समाप्त हो जाये।

अतः विजयी जूनूनके जयकारों की तन्द्रा में प्रतिपक्षी को पुनः किसी जन-संहार या विध्वंसके लिये न उकसायें। भूतके वर्तमान में प्रवेश की आहट पर चौकन्ने होना हम सबका दायित्व ही नहीं कर्तव्य भी है, कि तत्कालीन औचित्य को प्रविष्टि दें तथा प्रजातन्त्र के प्रांगण में अनौचित्य-शक्ति को फटकने न दें। इस कार्य हेतु हमें संकल्प-शक्ति जागृत करने की महती आवश्यकता होगी ताकि हम उसके छल-बल, मोहिनी-शक्ति के दाव पेंचों को निर्भीकता से काटने में सक्षम हो सकें। अनौचित्य का विस्तार सदैव नियोजित होता है। तत्समय औचित्य का संतोष उसे मृतप्राय सा बना देता है।

18.

रोग या बीमारी का कारण दैवीय नही

मनुष्य या पशुओं को होने वाले रोगो का कारण दैवीयनहीं होता, कारण यह कि देवों में किसी को सताने की वृत्ति नहीं होती उनकी उदारता के कारण ही देवी-देवता हमारे पूजनीयहोते हैं तथा हमारे सुख-दुख का कारण हम ही होते हैं। हमारी जो भी दशा होती है उसमें दैवीय शक्ति को कारण मानना नितान्त नासमझी है। दैवीय आचार अनुकरणीय होता है तथा पैशाचीय वृत्ति हेय होने से जीवन भर हम उसका सामना करते हैं किन्तु कभी पराजित नहीं हो सकते वह तब जबकि हम अपने अन्तः बल को जागृत करें। महामारी, सूखा, अकाल, अतिवृष्टि, सरीखीअपदायें तभी आतीहैं जब प्रकृति और प्राणियों के बीच प्रति पूरक संतुलन बिगड़ जाता है, इसमें भी अन्य कोई शक्ति कारक नहीं होती।

हमारी स्वच्छता, सफ़ाई, उचित भोजन, उचित श्रम या व्यायाम कार्य करने अथवा दैनिक कर्मों में नियमितता, मौसमानुकूल स्वास्थ्य-रक्षा सम्बन्धी सावधानी आदि के कारणों से कोई बीमारी या रोग चाहे मनुष्य का हो अथवा पशुका कभी पास फटकने का साहस नहीं कर सकता। हाँ, मानव होने के नाते

कभी कभी किसी चूककी कमज़ोरीपर रोग हावी हो जाता है जो स्वाभाविक है।

वर्तमान में स्वास्थ्य-शिक्षा-तकनीक इतनी उन्नत हो चुकी है कि किसी भी मर्ज़के निदानार्थ सक्षम हो गयी है, फिर भी कुछ लोग, यहाँ तक कि शिक्षितहोकर भी अन्ध-विश्वास की गोद में पड़े हुये हैं। भूत का भूत उन पर सवार होकर अंधकार की दिशा में हाँक रहा है। तात्पर्य यह कि अब भी बीमारी के नाम पर अमुक अमुक देवी-देवताओं को पशु-बलि दी जा रही है जानवरों को क्या, मनुष्यों को भी रोग से मुक्ति के लिये लोहे के हँसियों को उच्च ताप में गर्म कर शरीर को दागा जा रहा है, क्या यह अनुचित नहीं? क्या चिकित्सालय खोलना सरकार की भूल है? सुनना कोई नहीं चाहता, सुनने वालों के पास सोचने का समय नहीं, प्रतिक्रिया स्वरूप आपका मुँह बन्द होने से पूर्व उनका मुँहखुलकर आस्था सम्बन्धी शब्दों की फूल मालायें टपकाने लगता है।मालायें इसलिये कि उसका शिक्षित होना प्रमाणित हो, दीक्षित भले नहीं।

ऐसे ही शिक्षितमहिला पुरुष, ख़ासकरमहिलायें जो चाहे जितना पढ़ीलिखीक्यों न हों अपने विश्वस्तों के तनिक इशारे पर कि "ग्राम को बचाओ, बहुत बड़ा अनिष्ट होने वाला है" सप्ताह भर इंगित देवी पर जल चढ़ानाप्रारम्भ कर देती हैं जिसके पीछे उन विश्वस्तों का मुख्य हित छिपा रहता है किसी के रोके, वे रुक नहीं सकतीं।

आपने भी देखा या पढ़ा होगा कि आज से कम से कम सात दशक पूर्व चूहों के द्वारा फैलने वाली महामारी "प्लेग" के भय से कितने अनुष्ठान पूजन होते रहें? पर किसी ने उसे क्या रोक लिया ? रोका भी तो उस उन्नत-चिकित्सा पद्धति ने, इसी तरह हैज़ामोतीझरा सरीखी महामारी में माता को जल चढ़ाते चढ़ाते मंदिर के द्वार पर भारी कीचड़ हो जाताथा । कई घरों के तो सारे सदस्य माता के प्यारेहो जाते थे। बुन्देलखण्डी भाषा में इस महामारी को हुलकी कहा जाता था। हम देखते हैं कि आज प्लेग, हैज़ा, राजयक्षमा, मोतीझरा जैसी बीमारियाँ प्रोन्नत स्वास्थ्य तकनीक के बूते समूल नष्ट हो चुकी हैं। क्या ऐसे समय में भी अंध-विश्वास का पोषण हमारी नासमझी नहीं है?

यद्यपि चर्चित विन्दु से प्रासंगिक न होते हुये भी उल्लेखनीय होने के नाते प्रस्तुत है कार्तिकी स्नान। यह स्नान महिलाओं द्वारा हरकार्तिक महीने भर प्रातःकाल से प्रारंभ होकर ग्राम - ग्राम मंदिर-मंदिर घूमने सहित उपवास के रूप में एक निश्चित फलाहार के साथ चलता है जबकि अब न वे कृष्ण हैं न नदियों में पानी न जगह-जगह आँवले के पेड़। एक ग्राम में नहीं बल्कि देश भर में यह स्नान-पर्व मनाया जाता है। लाखों महिलायें अपने बच्चों के स्कूल की तैयारी में सहयोग न कर बच्चों, वृद्धों की सुबह की ज़रूरतोंकी अनदेखी कर एक पारम्परिक अनावश्यक कार्य में व्यस्त रहतीं हैं। रास्ते में गौंजी नामक अनाज को मुट्ठी में भर भरकर बिखेरती जाती हैं जिससे न कोई धार्मिक न आर्थिक लाभ होता है फिर ऐसी परम्परा किस काम की? अच्छा होता किसी एक गाय को वह अन्न खिलाया जाता तो उसका पेट तो भरता। इतनी संख्या में औरतों के एक माह के श्रम का यदिमूल्यांकन किया जाये तो उसकी उत्पादकता से कई गोशालायें एक माह तक संचालित की जा सकतीहैं किन्तु उनकी इस प्रत्यक्ष विडम्बना के बावजूद भी हमारे रीति रिवाज बदलने का नाम नहीं ले रहे। बदले कौन? स्वार्थी तत्वों से ऐसी अपेक्षायें करना व्यर्थ है। वे धर्म पोषक होने की अपेक्षा जन-शोषक हो गये हैं। अब धर्म की हानि पर आपको ही वह अवतार लेना पड़ेगा जो वर्तमान को राह दिखाये।

19.

सामाजिक अवयवों के प्रति घृणा

ज्ञातव्य है कि सनातन धर्म के नये नाम हिन्दू में, न जाने कितने वर्षों से जातियों में बँटेधर्म की ही कुछ जातियों के प्रति जो हिन्दू धर्म के ही अवयव कहलाते हैं, दुलार की जगह घृणा का व्यवहार होते पाया गया है। अतीत में सफ़ाईकर्मी (मेहतर) आम जन के ग्राम से कुछ दूरी पर बसाये जाते थे, इतने पर भी आदेशित किये जाते थे कि कोई भी व्यक्ति अपनी झोपड़ी से सुबह नौ बजे के पूर्व बाहर न निकले। ऐसा करने पर सूर्य निकलने से उनकी लम्बी छाया दूर तक पंडितों के ऊपर पड़ती थी जो कथित रूप से उनके जनेऊ (उपवीत) को खण्डित कर देती थी। यदि ऐसा होता था, या अभी होता है तो क्या ज़रूरतहै ऐसे कमज़ोरउपवीत की?

अब हम स्वतन्त्र भारत, एक ऐसे देश के नागरिक हैं जिसका नाम दुनियाभर में अपनी हर प्रकार की मज़बूतीके लिये लिया जाता है। अब सभी लोगों के दैनिक क्रिया-कलाप समान रूप से स्वैच्छिक चलते हैं फिर भी किसी का उपवीत खंडितनहीं होता। इस प्रकार की सच्चाईउभर कर सामने आयी है,

भले ही कोई पास रहे अथवा दूर।

आप को ज्ञात होगा कि विश्व प्रसिद्ध सोमनाथ मंदिर जहाँ पर विश्व भर के देशों से विद्यार्थी अध्ययन के लिये आते थे उसकी सम्पत्ति लूटने का सुराग़लुटेरे महमूद गज़नवीको हमारी इसी घृणा नामक कमज़ोरीके कारण मिला था, फलस्वरूप वह मंदिर की अकूत सम्पत्ति लूट कर ले गया। इससे पूर्व उसने मंदिर पर कई आक्रमण किये किन्तु वह कभी सफल नहीं हुआ था। हमारी कमज़ोरीद्वारा जब उसे गुप्त सुरंग का पता चला तभी वह अपने मक़सदमें कामयाब हो सका। कहावत है "मरता, क्या नहीं करता? अर्थात जान बचाने हेतु सब कुछ करना पड़ता है। ध्यान देने योग्य तथ्य यह है कि वह भी कोई धर्म कहला सकता है जिसके अनुपालन में अपनी जान के लाले पड़ जायें? धर्म तो सुखद व पवित्र जीवन के निर्माण में सहयोगी होता है। इस प्रकार हमने सामाजिक संवर्ग में परस्पर घृणा को विकसित किया फलतः दुर्गति का फलन भोगा।

प्रकृति ने सभी मनुष्यों में क्षमतायें समान रूप से उड़ेली हैं, उनको हम किसी दायरे में सीमित नहीं कर सकते। महाभारत काल में दासी पुत्र विदुर जी की विद्वता ने मंत्रित्व का दायित्व सँभाला था, तथा महर्षि वेद व्यास ने वेदों की संरचना की थी। उक्त दोनों विद्वानों की तत्समय क्या जाति या वर्ण था, लिखने की आवश्यकता नहीं, आप सब जानते हैं, यहाँ पूरा वृतान्त दर्शाने की गुंजाइशनहीं। यदि आप सम्बन्धित तथ्यों से अनभिज्ञ हैं तो अनिवार्यतः किसी भी तरह विज्ञता प्राप्त ज़रूरकर लें। आशय यह है कि आप पाठकगणों को सब कुछ गहराई से जानकारी होते हुये मैं सिर्फ़पुनःस्मरणके लिये उत्प्रेरित कर रहा हूँ । भूतकाल के हमारे महामनीषियों या सत्ताधीशों ने समाज के श्रेणिक वर्गीकरण को समाप्त करने का कोई प्रयास नहीं किया। तत्समय यदि इसे समाप्त कर दिया जाता तो वर्तमान में उसी प्रयास के बीच परस्पर मन-मुटाव टकराहट सरीखी अवांछित वारदातें न हो रहीहोतीं। ऊँच-नीच का भाव एवं परस्पर शेखी-हीनता सक्रिय रूप से न टकरा रही होतीं। हम देखते हैं कि आज प्रजातन्त्र या सामाजिक विकास पद क्रम में तत्कालीन हेय श्रेणी के वर्ण या सामाजिक वर्ग उच्च पदों

पर अपनी विकसित क्षमता के कारण सुशोभित हो रहे हैं। कलेक्टर, पुलिस-अधीक्षक, जज, इंजीनियर, यहाँ तक कि मंत्री, मुख्यमंत्री, प्रधान-मंत्री, राष्ट्रपति केपदों को गौरवान्वित कर रहे हैं।

वर्तमान में सरकारी विद्यालय, चिकित्सालय, प्रशिक्षणालय, भोजनालय, देवालय आदि न जाने कितने आलय शासकीय व्यय पर संचालित है शालीनता, विद्वत्ता, सदाचरण सेवा, क्षमता, सुरक्षा तकनीक, व्यावसायिक स्थिति, कृषि एवं मज़दूरीतक का स्तरीय विकास देश के नाम को गौरवान्वित कर रहा है। यही दृष्टिकोण यदि भूत की जड़ में होता तो हम तथाकथित स्वर्ग, जन्नत, मुक्ति, हैवन आदि परम धामों की सुधि तक भूल जाते। वर्तमान में नयी पीढ़ी शिक्षित प्रशिक्षित होकर अपनी तथा समाज की शाश्वत सुखदायी, गौरवशाली-मंज़िलकी दिशा की राह पहचाननेलगी है, तो इसमें किसी के ऊपर पीड़ा का पहाड़ गिरने वाला नहीं। तब न सही अब तो सामाजिक समरसता, एकता, भाईचारा, समान अवसर शिक्षा, स्नेह सहानभूति, सम्मान सुरक्षा, संवेदना वाली मिश्रित सुगन्धित समीरों की संस्कृति का सारगर्भित, सशक्त तूफ़ानचलना चाहिये जो घृणा, हीनता, विखण्डन, स्वार्थ, अहमन्यता, लालच, धोखा, व्यक्तिगत एवं सामाजिक-पदों की श्रेष्ठता आभास कराने वाली दुर्गन्ध को हमारी पहुँच से बहुत दूर उड़ा सके। आज किसी भी उस सामाजिक वर्ग से किसी को कोई ख़ासगिला नहीं जिसकी छाया तक उल्टियाँ कराने को विवश करतीं थी अब उनके ही कार्यालय में विनीत बनकर खड़े रहना मजबूरी नहीं मानवी समता का द्योतक है।

20.

अदूरदर्शी प्रतिज्ञाओं से अनर्थ की अभिवृद्धि

नया कुछ न होते हुये मन को उद्वेलित करने वाली एक सनसनी ख़ेज़तरंग है जो अतीत को स्वार्थी पहल की प्रतिज्ञा, वर्तमान तक को प्रभावित कर गई है।

राजा दशरथ की रानी कैकेयी ने जो किसी युद्ध में उनके साथ रह कर रथ के पहिये को रथ से अलग होने से रोक कर उनके प्राण बचाये थे। दशरथ जी ने ख़ुशहोकर कैकेयी से कुछ माँग लेने का आग्रह किया। रानी ने वक़्तआने पर कुछ माँगनेहेतु दशरथ जी से निवेदन कर बचन बद्ध भी कर लिया। ज्येष्ठ पुत्र श्रीराम को राजतिलक कर अयोध्या का राज्य सौंपने की तैयारियाँ चल रहीथीं। ऐन वक़्तपर रानी कैकेयी ने उन्हें दिये तीन वचनोंकी माँग कर डाली जिसमें पहला वचन राम को चौदह वर्ष वनवास का था। शेष सब कुछ हम भली भाँतिजानते हैं जिस प्रकार शोक की लहर अयोध्या राज्य में फैली, तथा जो कुछ घटित हुआ, अत्यन्त पीड़ा दायी था। काश यह वचनबद्धता न होती तो इतिहास कुछ और ही होता। यद्यपि अब यहाँ राज-तन्त्र नहीं है, फिर भी अवसरवादिता किसी न किसी दिशा में अपना सिर उठाने का प्रयास करती है। "प्राण जायपर

वचन न जाही" की अपेक्षा बेहतर होता कि उन दोनों की रक्षा होती।

महाभारत काल में श्रेष्ठ योद्धा क्रमशः श्रीकृष्ण, भीष्म, पितामह एवं द्रोणाचार्य थे। पूरी सेना (दोनों) महा-रथियों से भरी पड़ी थी। जो परार्थ जीते हैं उन्हें जीवन का भारी मूल्य होता है। श्रीकृष्ण ने कहा था कि मैं युद्ध में शस्त्र नहीं उठाऊँगा, आपको याद होगा कि इसके बावजूद उन्होंने अस्त्र उठाये। मैं ऐसा नहीं करूँगामैं ऐसा करूँगा जैसे विचार कर प्रण करना, परमसत्ता को चुनौती होती है। जिसमें कोई सफल तो दिखायी देता है पर सफल होता नहीं। श्रीकृष्ण बहुत कुछ कर सकते थे पर उतना किया नहीं। जो करना होता था उसे कहा नहीं, यही विचारणीय है।

भीष्म पितामह जो महान योद्धा थे, अपने पिताश्री शान्तनु की इच्छा पूर्ति हेतु उन्होंने प्रतिज्ञा की थी कि वे राजगद्दी पर कभी नहीं बैठेंगे शादी नहीं करेंगे तथा आजीवन राज्य की रक्षा करते रहेंगे, यह सब किस लिये? हम समझ सकते हैं। पर उन्होंने प्रतिज्ञायें निभायीं। बाद में जो कुछ हुआ उसे रोकने के लिये वे अपने हाथ-पैर तोड़ चुके थे मुँह सी लिया था। भरे दरबार में अपनी कुलबधू का चीर हरण उनके ही परिजन द्वारा किया जाना अनदेखा करने के लिये नेत्र बन्द कर लिये थे। अन्ततः छहमाह तक सर-सैया पर पड़े रहकर वेदना भोगते रहे, यह सब कष्ट आख़िरकिसलिये? भूत से भविष्य को क्या मिला?

महाबली गुरु द्रोणाचार्य कुरु सेना के सेनापति थे। महाराज धृतराष्ट्रअन्धे तो थे ही युवराज युधिष्ठर के पुत्र मोह में आकंठ डूब चुके थे। उसने अपने गुरु तथा कुरु सेनापति द्रोण पर अपने बल प्रदर्शन का दबाव बनाया एवं लाँछनभी लगाया कि वे पांडव पक्ष को कुरु सेनाध्यक्ष होकर भी कुछ हानि नहीं करना चाहते। फलतः द्रोण ने प्रतिज्ञा की कि कल पांडव पक्ष का कोई एक योद्धा ज़रूरमारा जायेगा, सात महारथियों के चक्रव्यूह में अर्जुन पुत्र अभिमन्यू मारा गया जबकि अर्जुन उस समय वहाँ मौजूद नहीं था। पता चलते ही अर्जुन ने अगले सूर्यास्त से पहले, प्रतिद्वन्दी जयद्रथ का वध करने का प्रण किया। द्रोण जिस अर्जुन को श्रेष्ठ धनुर्धारी बनाने प्रयासरत रहे उसी के विरुद्ध द्रोण और भीष्म युद्ध

क्षेत्र में उतरे, भीष्म जोअर्जुन से अधिक प्रेम करते थे किन्तु प्रण ने प्रेम से अलग कर दिया। द्रोण गुरु ने अर्जुन को सर्वश्रेष्ठ धनुर्धर बनाने हेतु एकलव्य का दाहिने हाथ का अँगूठादान में माँगलिया था जिसने उनके मना करने पर भी द्रोण को गुरु मान रखा था। अर्जुन ने जयद्रथ का वध किया। युद्ध में द्रोणाचार्य का वध होने पर उनके पुत्र अश्वत्थामा ने प्रण करके पांडवों के पाँच अबोध शिशुओं का वध कर दिया। तात्पर्य यह कि इन अदूरदर्शी प्रतिज्ञाओं से किसी भी पक्ष को हानि की अपेक्षा किसी प्रकार का लाभ नहीं हुआ।

मेवाड़ के महाराणा प्रताप की मातृभूमि-भक्ति यद्यपि सराहनीय एवं अद्वितीय है, मानसिंह, जयचन्द की भूमिका इस क्षेत्र में लज्जास्पद होने के साथ साथ मातृभूमि के कलंक स्वरूप अधिक है, फिर भी महाराणा का प्रण कि जब तक मैं आक्रान्ताओं को बाहर नहीं खदेड़ दूँगा तब तक किसी ग्राम, नगर में नहीं अपितु जंगल में बास करूँगा । हुआ भी यही कि उनका आवास जंगल में रहते उनके बच्चों को घास की रोटियाँतक खाना पड़ीं। यह हालत देखने, सुनने एवं पढ़ने वालों को आत्म पीड़ादायी बनकर रह गयी है। राजा मानसिंह की भी प्रगाढ़निष्ठा मातृभूमि के प्रति यदि होती तो मुग़लोंकी अपेक्षा अपने पड़ोसियों के प्रति प्रगाढ़सम्बन्ध बनाये होते। तात्पर्य यह कि अदूरदर्शी प्रतिज्ञाओं के कारण विघटनकारी तत्वों का मैला मन पोषित होते रहकर वर्तमान तक धुल नहीं पाया।

21.

सती प्रथा भूतकाल का सामाजिक अभिशाप

सती-प्रथा का प्रचलन-आधार जो भी रहा हो पर आज का विकसित समाज इसे हत्याओं के रूप में ही देखता है। यद्यपि वर्तमान में यदाकदा ही सती होने का वाक्या होता है किन्तु अतीत में पति की मृत्यु पर उसकी पत्नीको उसी चिता में बरबसजलने के लिये विवश किया जाता था। राजा राममोहन राय ने इस प्रथा के विरुद्ध एक अभियान चलाया था जिसका समर्थन करते हुये अंग्रेज़सरकार ने इसे रोकने हेतु क़ानूनबनाया था।

22.

बाल विवाह

भूतकाल में बाल विवाह का बहुत प्रचलन था। थोड़ी ही उम्र में शादी होने, ख़ासकरलड़कियों को जीवन भर बच्चों के पालन-पोषण, बीमारियों आदि का सामना करने हेतु बाध्य होना पड़ता था, कभी कभी असमय मृत्यु का ग्रास बनना पड़ता था। शिक्षा, रोज़गारहीनता में कष्ट का जीवन बिताने के साथ ही सामाजिक जीवन कैसा रहा होगा, हर कोई अनुमान लगा सकता है। इसके विरुद्ध भी अंग्रेज़सरकार के समय क़ानूनबना था आज भी आज़ादभारत में बाल-विवाह के विरुद्ध क़ानूनहै। सरकार स्वयं अभियान चलाकर सामूहिक विवाहों में कोष से धन व्यय करती है। लड़के की उम्र इक्कीस वर्ष एवं लड़की की उम्र अठारह वर्ष विवाह करने हेतु होना आवश्यक है। इससे कम उम्र में शादी करना क़ानूनीअपराध है, फिर भी सती-प्रथा की अपेक्षाकृत बाल-विवाहों का प्रचलन अधिक है। शिक्षित समाज में भी कभी-कभी भूल से या अन्य कारणों से बाल विवाह हो जाते हैं।

संस्मरण

प्रथम
चामुण्डा माता

सन् 1953 से लगभग 1955 का समय रहा होगा ग्राम खनियाधाना (अब नगर) जिला शिवपुरी मध्य प्रदेश में बुधना डेम के मार्ग में यहाँ से लगभग दो किलो मीटर दूर एक चामुण्डा माता का मन्दिर है जहाँ पहले घने जंगल में पहाड़ी पर कच्चे चबूतरे पर एक मूर्ति स्थापित थी। ग्राम खनियाधाना तथा आस पास के गाँवों के लोग माह जून-जुलाई में जाकर वहाँ बाटियाँ बनाकर प्रसाद चढ़ाने व खाने हेतु जाया करते थे। अभी भी जाते हैं। अब तो निकट आदिवासियों का एक पुरवा बस गया है। मान्यता है कि वहाँ जाने से बरसातकी नियमितता रहती है अतः कृषक परिवार अधिक रुचि लेते थे। जब कभी बरसातमें विलम्ब होता था तो लोग मिलकर चन्दा इकट्ठा करके एक बकरी का बलिदान करते थे तमाम लोग इकट्ठा होकर बकरी लेकर समूह में वहाँ पहुँचतेथे, जिनमें मेरे पिताजी का पहुँचना अनिवार्य रहता था चूँकिमेरे पूर्वजों व एक गौर परिवार ने खनियाधाना ग्राम बसाया था मेरे पिता जी उन दिनों ग्राम पटेल भी थे जो शासकीय भू-लगान कृषकों से वसूलकर पिछोर ट्रेजरी में जमा कराते थे।

एक बार अवर्षा के कारण उक्त मंदिर पर बकरी चढ़ाने की तैयारी थी, ख़बरलगते ही एक स्थानीय कॉंग्रेस नेता स्व. श्री काशीराम जैन सिंघई दो पुलिस सिपाही लेकर मार्ग के चौपरा कुंआ पर पहुँचगये जहाँ से बकरी सहित लोगों का समूह जाना था। जब लोग पहुँचे तो उन्हें रोक कर वापसलौटा दिया भय के कारण सब वापस हो गये। ख़बरफैलते ही सैकड़ों की संख्या में लोग बाज़ारमें इकट्ठे हो गये जहाँ सिंघई जी की दुकान भी थी। पुलिस को पता चलते ही सिपाहियों सहित दरोगा जी पहुँचगये, भारी भीड़ बीच दरोगा जी की स्व. श्री बहादूर सिंह ठाकुर से बहस हो गयी, यहाँ तक कि उन्होंने अपना सीना खोलते हुये दरोगा से कहा, हिम्मत हो तो गोली मारें। विवेकवान दरोगा जी ने सबके समक्ष बकरी चढ़वानेका आश्वासन दिया भीड़ शान्त हुयी। यह सब मेरा आँखोंदेखा हाल है जब मैं स्कूल के रास्ते बाज़ारमें था, मैं एक विद्यार्थी था।

लिखने का लुब्बोलुबाबयह कि अब बीते वर्षों बलि चढाने वाली उत्तेजना, लुप्त हो गयी। अब अन्य जानवर की बलि के विरुद्ध माहौल में बकरी या अन्य बलि चढ़ाना निषिद्ध है जिस कारण श्री सिंघई जी की आत्मा शायद संतुष्ट होती होगी। ऐसे भूत की सवारी किसी को भी नहीं बनना चाहिये जिससे वर्तमान की बुद्धिमत्ता आहत हो। करुणात्मा आहत हो।

द्वितीय
बाल धूप में थोड़ी पके हैं

सन् 1956-57 की बात है जब खनियाधाना स्टेट के समय के पुराने माध्यमिक विद्यालय में स्व. श्री बी. डी. गाडगिल हमारे प्रधानाध्यापक थे। ग्वालियर निवासी गाडगिल साहब कक्षा 8 में अंग्रेज़ीपढ़ाने के साथ घर पर भी हम बालकों को निशुल्क अंग्रेज़ीपढ़ाने हेतु बुलातेथे। खनियाधाना महाराज की हवेली में रहते हुये पढ़ाने के अलावा वे बालकों को नाश्ता भी कराते थे, कभी कभी मैं छुट्टी के दिन तालाब पर नहाने व कपड़े धोने को जाता था तो वे मुझसे तालाब जाने की पूछकर अपना एक जोड़ी कुर्ता-पाजामा, एक टिकिया सनलाइट साबुन की देते थे। जब मैं उनके कपड़े धोकर वापसकरने पहुँचताथा तो बचा हुआ साबुन यह कहकर वापसनहीं लेते थे कि अपने कपड़े धो लेना। बच्चों की संख्या कम किन्तु गुरुजन वर्ग में उनके प्रति अपनत्व भरी उदारता सर्वत्र होती थी। आज जो हो रहा है, सर्व विदित है फिर भी छात्रों को गुरुजनों का आदर अनिवार्य है।

स्मर्णीय तथ्य यह है कि गाडगिल साहब के कहे अनुसार जब हम लोग कहीं से भी किसी अंग्रेज़ीशब्द का अर्थ पूछते थे तो उसका सही अर्थ बताते हुये

कहते थे कि अंग्रेज़ीशब्द-कोष में देख लेना, सही होगा। कहते थे कि मेरे बाल धूप में थोड़े पके हैं, जीवन भर अध्ययन किया है। ऐसा आप लोग भी करना। उनके अधिकांश शिष्य अधिकारी बने।

तृतीय
भगवान की पूजा या कर्तव्य

खनियाधाना से लगभग तीन किलोमीटर दूर एक देवखोह नाम के ग्राम में रहने वाले स्व. श्री राव राजा सिंह जी चौहान जो माध्यमिक विद्यालय खनियाधाना में शिक्षक रहे, वे सन् 1960 में शिवपुरी जिले में तत्कालीन पद "उपस्थिति-अधिकारी" के रूप में कार्यरत थे। पद की शिक्षा-विभाग में समाप्ति पर वे माध्यमिक विद्यालय कमलागंज शिवपुरी में प्रधानाध्यापक पदस्थ किये गये।

ग्रामीण क्षेत्र से चौहान परिवार के सदस्य के रूप में शिक्षक होना उनकी विनम्रता, शालीनता, मधुरवाणी, एवं व्यवहार कुशलता आश्चर्यचकित करती थी। उन्हें क्रोध बहुत कम, यदा-कदा ही आता था, और जब किसी कारण विशेष से क्रोधित होते थे तो इतने अधिक कि वह एक कहानी बन जातीथी । इसी सच्चाईके आधार पर, उन दिनों वास्तविकता नुवेशी अधिकारियों की अनुशंसा पर उन्हें राष्ट्रपति-पदक प्रदान किया गया था। ईमानदारी का समय था।

जब वे माध्यमिक विद्यालय कमलागंज शिवपुरी ज़िलेशहर में प्रधानाध्यापक थे तब लगभग सन 1962 से 1964 के बीच की घटना रही होगी जो कहानी बन गयी।

स्टाफ़में एक महिला शिक्षिका थींजो अक्सर शाला में विलम्ब से पहुँचती थींउनके टोकने पर बहाना बनाया करती थीं । एक दिन परेशान होकर शाला की घंटी बजने के तत्काल बाद वे उस शिक्षिका की कक्षा की कुर्सी पर बैठकर छात्रों को निर्धारित विषय पढ़ाने लगे। कुछ देर बाद शिक्षिका आकर कक्षा में पहुँचींतो चौहान साहब ने पूछा कि समय पर क्यों नहीं आयी? उत्तर था कि वह भगवान की पूजा करने लगी थी। क्रोधित होते हुये उन्होंने पुन: पूछा (छात्रों की ओर संकेत करते हुये) कि "इन भगवानों की पूजा कौन करेगा"? शिक्षिका मौन रहकर सहम गयीं, उन्होंने भविष्य में समय पर आने की हिदायत देकर कक्षा प्रवेश की अनुमति दी और अपने कार्यालय में पहुँच गये। शिक्षिका इस दिन के बाद से विद्यालय में समय पर पहुँचने लगीं । बात छोटी सी है, किन्तु समझदारों को बहुत बड़ी, जिन्हें कर्तव्य की समझ है।

चतुर्थ
देश भक्ति के साथ राजनैतिक समझ

महाराज स्व. श्री खलक सिंह जूदेव स्वतन्त्रता संग्राम सेनानी एक छोटी स्टेट खनियाधाना के पूर्व शासक थे जिन्होंने सन्यास लेने से पूर्व अपने पुत्र स्व. श्री देवेन्द्र प्रताप सिंह जूदेव को औपचारिक रूप से राजतिलक कर दिया था। स्व महाराज देवेन्द्र प्रताप घूमने एवं बालीवॉल खेलने में शाम का समय व्यतीत करते थे, इने गिने युवा उनकी इच्छा पर खेलने या घूमने में उनका साथ देते थे। मैं भी उन युवाओं में से एक था। अनुमानतः सन् 1964 के मार्च महीनेमें बॉल पन्क्चर होने पर एक दिन ग्राम गोरवर के रास्ते पर हम सभी घूमने निकले। सामने दूर आदिवासी महिलायें सिर पर लकड़ियों के गट्ठे रखे हुये दिखाई दीं तो महाराज ने सभी से रास्ता छोड़कर बगल में ख़ालीखेत में होकर चलने के लिये कहा। और कहा कि उन्हें अपने घूँघटोंको खिसकाने में परेशानी होगी। सभी बगल से निकल गये। यह थी राजा को प्रजा के ग़रीबवर्ग के प्रति सहानभूति।

सन् 1965 में प्रधान मंत्री स्व. श्री लाल बहादुर शास्त्री के कार्यकाल में भारत-पाक प्रथम युद्ध हुआ। भारतीय सेना अपने शौर्य के कारण लड़ते हुये पाकिस्तानी लाहौर तक पहुँचगयी तथा पाकिस्तानी सेना के नब्बे हज़ारसैनिकों

ने भारतीय सेना के आगे आत्म समर्पण कर दिया। ले. ज. जगजीत सिंह अरोड़ा के नायकत्व में बड़ी जीत मिल चुकी थी किन्तु कुछ देशों की पंचायत ने निर्णय लिया कि शान्ति की पहल के लिये ताशकन्द में समझौता वार्ता रखी जाये।

अगले जिस दिन ताशकन्द समझौते की बैठक होनी थी उसी शाम महाराज देवेन्द्र प्रताप सिंह जूदेव अपने घूमने वाले साथियों के साथ जिनमें स्वयं मैंभी था, तफ़रीहके लिये निकल पड़े। उधर दोनों पक्षों के साथ अन्य लोग भी थे। भारतीय पैनल भी स्व. श्री शास्त्री जी के नेतृत्व में ताशकन्द पहुँच चुका था। इधर हम लोग जब घूम रहे थे तब महाराज युद्ध बाबतबात छिड़ने पर इस प्रकार कहते जा रहे थे भारतीय नेताओं में राजनैतिक समझ नहीं है। जब हम युद्ध जीत चुके, विरोधी फ़ौजआत्म-समर्पण कर चुकी फिर किसी समझौते की क्या ज़रूरतहै?

उन्होंने आगे कहा देख लेना शास्त्री जी जीवित वापसनहीं आ सकते। हुआ भी वही अगलीसुबह शास्त्री जी के रहस्यमय निधन पर भारत में शोक की लहर छा गयी। यह कहना ग़लतन होगा कि अतीत के राजाओं महाराजाओं में वंशानुगत राजनैतिक एवं कूटनीतिक समझ हुआ करती थी, भले ही अनेक कृत्य उनके असहनीय होते हो। हम कह सकते हैं कि महाराज में गहरी राजनैतिक समझ थी।

पंचम
अस्थि विसर्जन

दिनांक- 23/8/1965 में ही मेरी माताश्री का देहावसान हुआ था। परम्परानुसार मुझे उनके अस्थि-पुष्प लेकर इलाहाबाद विसर्जन हेतु जाना पड़ा। समझ कुछ थी नहीं, इन्टर पास कर लिया था, स्थानापन्न रूप से शासकीय शिक्षक का कार्य मिल जाता था। जब इलाहाबाद अकेला पहुँचातो लिखते नहीं बनता जहाँ से स्वर्गप्राप्ति होती है वहाँ किस तरह से पाखंडियों ने मुझे आर्थिक रूप से निचोड़ डाला। नैनी स्टेशन से कुछ पण्डों ने मझे ट्रेन से उतार लिया, न जाने कितनी चतुराई से हमारे पण्डा होने को प्रमाणित करते रहे। सब कुछ उनके अनुसार करने को विवश था। सुकून की जगह दुर्गति से कभी वहाँ नहीं गया। लगता है तथाकथित नर्क कहीं इस जगह से सुखद होगी तात्पर्य यह कि अब धर्म की अपेक्षा व्यवसाय अधिक है।

नैनी स्टेशन के लिये जब नदी पार कर के वापसीमें आ रहे थे तो एक वृद्ध सफ़ेदपोश सा लगने वाला मेरे साथ साथ चल दिया। उसके कंधे में काँख में होकर एक पोटली लटकी थी जिसका कपड़ा एकदम उजला सफ़ेदथा। मेरे साथ एक अधेड़ महिला व उसका युवा पुत्र जिनसे मेरा परिचय थोड़ी देर पहलेही

हुआ था चूँकिउनका भी बसई (बबीना) स्टेशन उतरना था वे भी मेरे साथ पैदल चल रहे थे। अगस्त का महीनाथा धूप और पैदल थकान के कारण उसी वृद्ध के कहने पर नैनी स्टेशन आने से कुछ ही दूर हम चारों एक पेड़ की छाया में बैठ गये। वृद्ध ने केले ख़रीदेऔर एक एक सभी को खाने हेतु दे दिये। खाकर मिनटों में नैनी पहुँचकर दुकानों के सामने की पट्टी पर सभी बैठ गये। मैंने भी उसी प्रकार केले लेकर वितरण किये, इसी समय वृद्ध ने हम तीनों का गन्तव्य पूछ लिया। उसने स्वयं को रिटायर्ड पुलिस दीवान बताया जिसे उसी ट्रेन से बड़ौनी (दतिया) म.प्र. जाना था। उसने हमें विश्वास में ले लिया, यद्यपि मैं आते समय बुज़ुर्गोंकी सावधानी वाली सलाह से अवगत था फिर भी साथ वाली महिला व उसके युवा पुत्र से तत्समय कुछ कह न सका।

हुआ यह कि बुज़ुर्गदीवान उठा और अपनी पोटली हम तीनों के पास रख कर बोला- "मैं एक पास कीदुकान पर कम्बल ख़रीदनेजा रहा हूँ, मेरी पोटली पर ध्यान रखना, क्योंकियहाँ चोरी हो जाती है। यदि आपको भी कम्बल लेना हो तो मैं ले आऊँगा, यहाँ अच्छे से अच्छा कम्बल दो सौ रुपये में मिलता है जबकि अपने इलाक़ेमें तीन सौ रुपये में"। साथ वाली महिला बातों में आ गयी और उसे दो सौ रुपये निकाल कर कम्बल हेतु दे दिये। उसने कहा जल्दी करो यदि किसी और को भी कम्बल लेना हो, ट्रेन को आने में सिर्फ़पन्द्रह मिनट बाक़ी हैं। पोटली पर ध्यान रखने की पुनः कहते हुये वृद्ध एक गली में मुड़ गया। अगले पन्द्रह मिनट पोटली और ट्रेन की बेचैनी में गुज़रेपर वह नहीं लौटा। एक दुकान पर जब समस्या बतायी तो दुकानदार बोला, आप लोग बहुत सीधे-सच्चे लगते हो ज़रावह पोटली तो खोलो। जब सबके समक्ष वह पोटली खोली गयी तो उसमें सिर के मुण्डन वाले बाल निकले, महिला के आँसू निकल पड़े। यह है धर्म के नाम मनुष्य के जन्म-मरण, एवं स्वर्ग-नर्क की वीभत्स कहानी। इसमें दोष किसका? हम हैं भूत की सवारी।

षष्टम
सत्यनिष्ठा

खनियाधाना से लगभग पन्द्रह किलोमीटर दूर मा. वि. पिपरौदा उवारी नामक ग्राम में दि. 01.7.1965 को स्थानापन्न शिक्षक के रूप में मेरी नियुक्ति सत्रान्त तक के लिये हुयी। माह मार्च-अप्रैल में मिडिल बोर्ड परीक्षा, मा.वि. खनियाधाना परीक्षा केन्द्र पर होने के कारण मुझे खनियाधाना, पिपरौदा-उवारी के विद्यार्थियों के साथ मार्च 1966 के किसी दिन भेजा गया। एक दिन की बात है कि जिस कक्ष में पर्यवेक्षक के रूप में मेरी ड्यूटी लगी उसी कक्ष में मेरे शैक्षिक गुरु स्व. श्रीनारायण दास लाक्षाकार जी की लगी। उसी कक्ष में उनकी पुत्री भी परीक्षा दे रही थी। जिस समय वह लिखने की बजाय छत की ओर कुछ देर तक देखती रही तो मेरी अनुभव हीनता या नासमझी ने उसकी मदद करने के लिये प्रेरित किया ऐसा करने से पूर्व मन में आया कि क्यों न गुरुजी से पूछ लिया जाये? जब इशारों में पूछा तो उनका नाराज़गीभरा हुँ- हुँका स्वरमेरी चोटी के बाल खड़ा कर गया। उस स्वर ने मुझे सिखा दिया कि अन्य परीक्षार्थी पर्यवेक्षक के लिये दुश्मन नहीं हैं। इस सिद्धान्त का मैंने सेवानिवृत्ति तक शक्ति से अनुपालन किया। आज पर्यवेक्षण, मूल्यांकन, परीक्षा-प्रश्न-पत्र की गोपनीयता,

ट्यूशन अथवा कोचिंग के लिये बाध्यता के विषय में क्या क्या हो रहा है, उस का उल्लेख आवश्यक नहीं।

सन् 1976 में श्री लाक्षाकार जी माध्यमिक विद्यालय पिपरौदा उवारी में प्रधानाध्यापक थे, तथा यह विद्यालय वेतन उपकेन्द्र बन गया था जहाँ से निकटवर्ती प्राथमिक विद्यालयों के शिक्षकों को वेतन प्राप्त होता था। वेतन केन्द्र खनियाधाना से यह निधि प्राप्त कर वे पैदल ही पिपरौदा उवारी पहुँचते थे। आवागमन के साधन न होने के साथ साथ रास्ते भर में घना जंगल था। कभी कभी छोड़कर वे हर माह की दो तारीख़को उपकेन्द्र मा.वि. पिपरौदा का वेतन लेने खनियाधाना वेतन केन्द्र पर जाते थे चूँकिउनका स्थायी निवास भी खनियाधाना होने के कारण सही समय से तालमेल बिठाना पड़ता था

एक दिन 6/8/1976 को वे उपकेन्द्र का वेतन लेने खनियाधाना गये, वापसीके समय जंगल के रास्ते में उनका अपरिचित पिपरौदा उवारी निवासी का साथी एक व्यक्ति आकर (बंदूक़धारी) उनका थैला छीनने के प्रयास में आपसी (परस्पर) छीना झपटी में सफल हो गया तथा भाग खड़ा हुआ। स्व. लाक्षाकार जी थाना खनियाधाना में रिपोर्ट दर्ज कराने वापसहो पड़े। मेरे शैक्षिक गुरु होने से अतिशयोक्ति नहीं, किन्तु यह वास्तविकता है कि वे कर्तव्यनिष्ठ ईमानदार एवं आदर्श शिक्षक थे। बाबुओं की नाहक इच्छा पूर्ति विरोधी होने के कारण उनकी वेतन वृद्धि, एरियर आदि लटके रहते थे। खनियाधाना में ही कुछ शिक्षकों को वेतन बाँटनेसे शेष रक़मछिन गई थी। पुलिस ने जब उनसे लूट सम्बन्धी हाल पूछा तो उन्होंने उसी सत्य को बयाँकिया जो घटित हुआ था। पूछने पर कि क्या आपको उसने मारा था उन्होंने कहा नहीं बल्कि मैंने ही उसे पटक दिया था, पर वह थैला लेकर भाग गया। पुलिस ने कहा, ऐसे काम नहीं चलेगा, लिखाओ कि उसने आपको मारा और घायल कर दिया था। किन्तु उन्होंने इस झूठ को अस्वीकार कर दिया था। और यही सच था कि गाँव के सभी लोग उन्हें गुरुजी कहकर पुकारते थे। रुपयों का थैला छीनने वाले अपरिचित जिसका नाम उन्होंने रिपोर्ट में लिखाया था वह भी उनका आदर करते प्रतीत हुआ था पर रूपया तो

रुपया होता है जो सत्य के आगे नगण्य है योजना का मुखिया एक दुकानदार शीलचन्द जैन था जो बाद में पता चला "नाम बड़े व दर्शन छोटे" वाली कहावत यहाँ चरितार्थ होती है वहीं स्व. लाक्षाकारजी का नाती आई.ए.एस. अधिकारी है।

सप्तम
धर्म या अधर्म

संभवतः सन् 1988 की घटना रही होगी जब गणेश चतुर्थी लगायत फूलडोल एकादशी का उत्सव देशमर में मनाया जा रहा था। मैं अपनी शादीशुदासुपुत्री को एक दिन झाँसी डॉक्टर को दिखाने ले जा रहा था। हम दोनों खनियाधाना से बड़ौरा चौराहे पर उतरे, शाम को वापसलौटने की वजह से वहाँ से एक खटारा टेम्पो में झाँसी जाने के लिये बैठ गये जबकि पन्द्रह मिनटों के अन्तर से ललितपुर से झाँसी के लिये वहाँ बसें मिलती थीं। बड़ौरा से लगभग 3-4 किलोमीटर की दूरी पर घिसौली नामक गाँव सड़क पर मिलता है, उस गाँव से थोड़ा पहलेचार युवकों ने टेम्पो रोक लिया। एक के हाथ में रसीद-कट्टा था, उसने ड्राइवर से जो उसका मालिक भी था, कहा-लाओ चन्दे के पैसे निकालो। धर्म वालों को तो टेम्पो और उसके मालिक को फटेहाल देखकर तरस आना चाहिये था, पर उसने चन्दा माँगा। उसने अनमने पन से एक मात्र दस का नोट निकाल कर उसे दिया, जिस पर उसने कहा- इससे क्या होता है? उत्तर मिला और कुछ आया ही नहीं आप मेरी जेबें देख लो। युवक ने दस रुपये का नोट ड्राइवर के मुँह पर मारते हुये कहा कल ले आना, रोज़तो निकलता है नहींतो देख

लेंगे। ये लोग किसको देखना चाहते हैं? धर्म को या अधर्म को?मेरा मन उद्वेलित होकर आक्रान्त हो रहा था, पर हम टेम्पों में मौजूद कुल तीन कर ही क्या सकते थे? अगर उसमें और भी लोग होते तो भी कुछ करने की चाह विवेक सम्मत नहीं कहलाती, यह कार्य तो उसका है जो सर्व समर्थ होकर देख रहा है।

अष्टम
अंधविश्वास

बरसात प्रारम्भ होते ही धरती माँ के आँचल में छिपेहुये बीज जमने से हरियाली फैलकर जन मानस को लुभाने लगती है। एक विज्ञान स्नातक (B.Sc.) युवा अपने घर के लम्बे चौड़े आँगन में एक पीपल का पौधा पुरानी दीवाल के सहारे उठता देख उसे उचित जगह पर आँगन में रोपने के प्रयास में तल्लीन था। उसी समय उसका पड़ोसी हमजोली जो शिक्षितहोते हुये भी रूढ़िवाद एवं अंधविश्वास का हामी था, उसके पास पहुँच वह सब देख कहने लगा कि यह क्या कर रहे हो? पीपल का पेड़ आँगन-वाड़े में नहीं लगाया जाता क्योंकि उस पर देवताओं का बास होता है। घर के नज़दीकरहते हम आस-पास की सफ़ाईव शुद्धता नहीं रख पाते अतः देवताओं के कोप भाजन भी हम हीलोग बनते है।

विज्ञान-स्नातक अपने मित्र से उम्र से बड़ा भी था, वह बोला- मित्र सुन तूने अपनी बात कहली, अब मेरी बारी है, बीच-बीच में न बोलते हुये ध्यान देकर सुनना। सफ़ाईया शुद्धता न रख पाने के डर से हम लोग देवताओं से भी दूरी बनाये हुये हैं, फिर मन्दिर ही क्यों जाते हैं। हमारे मनीषी पूर्वज बड़े दूरदर्शी थे। पीपल का पेड़ देवताओं का वास होने के कारण उनसे भयभीत रहकर कोई

नहीं काटेगा। असल में पीपल का वृक्ष सर्वाधिक प्राण वायु छोड़ता है तो उस पर समझो देवता भी रहते हैं। सब जगह सफ़ाईशुद्धता रखना हमें ज़रूरीहै, फिर इस कमी के कारण देवों को दूर क्यों रखें? हम इतने उज्ज्वल, उत्कृष्ट बनें कि देवता स्वतः हमारे पास आयें।

देवी-देवताओं या अपने इष्ट भगवान का पूजन करते समय हम अनेकानेक वस्तुओं का उनको अर्पण करते हैं। जो भी वस्तुएँ उन्हें अर्पित की जाती हैं उनके महती कारण उनमें अंतर्निहित हैं। जल से प्यास बुझाना, फूल से सुवासित करना, दूब में विशिष्ट गुण (कम पानी में हरी भरी रहना) चावल (कई वर्षों तक़ख़राबन होना) चन्दन (मस्तिष्कको शीतलता पहुँचाना) कुशा जिसको पूर्वजों के तर्पण में प्रयोग करते हैं उसे कई वर्षों तक पानी न मिले तो भी वह उसमें कन्द होने की वजह से जीवित रहती है। कार्तिक स्नान के समय अधिकतर महिलायें आँवले के वृक्ष के नीचे जातीहैं और पूजन करती है, चाहे वह कितनी भी दूरी पर क्यों न मिले। घी हवन पूजन में प्रयोग किया जाता है, जिससे वायु प्रदषण दूर होता है एवं इसी पीपल वृक्ष के नीचे कई महिलाओं को हम दीपक जलाकर रखते हुये देख सकते हैं।

मित्र, यह अच्छी बात है कि उक्त वस्तुएँजो अत्यन्त महत्वशाली हैं उन्हें देवताओं व भगवान को अर्पित करते हैं किन्तु हम अपने लिये उनके उपयोग के बारे में न तो सोचते हैं और न ही प्रयोग करते हैं। यहाँ भी हमने अपने भगवान से दूरी बना रखी है जबकि यदि भगवान को या देवताओं को इनका अर्पण हम नहीं करें, तो उनका कुछ भी नहीं बिगड़ेगा, वे इतने सक्षम हैं। चूँकिवे बोलते भी नहीं हैं कि अपने आराधकों से यह कह पायेंकि इनका प्रयोग आप लोग भी करें। हमें घी, दूध, जौ, आँवला, दूब, शहद, पानी, चावल, तुलसी, गोमूत्र, गोबरआदि वस्तुओं का प्रयोग उनकी निर्धारित विधि अनुरूप करना चाहिये। तात्पर्य यह कि जो कुछ जिस विधि से हम देवताओं को अर्पित करते हैं उन सब का उपयोग हमें भी यथा विधि करना चाहिये। यह इसलिये भी करना चाहिये कि भगवान को चढ़ाया गया भोग (भोजन) भी हम प्रसाद के रूप में (अवशिष्ट) खाकर

आत्म-तुष्ट होते हैं।

मनुष्य केवल विश्व में ऐसा प्राणी है जो सभी प्राणियों में बुद्धिमान एवं शक्तिशाली होते हुये भी स्वहित में निरुपयोगी होने वाले कृत्यों में ही अपना अधिकांश धन व समय बर्बाद करता रहता है। वर्तमान में उसने मोबाइल, टी.वी., कम्प्यूटर सरीखी सर्वोपयोगी एवं सर्वकालीन वस्तुओं का अन्वेषण कर दुनियाको चकित कर दिया है, यहाँ तक कि उसने रोबोट नाम का मानव निर्मित किया, ज़ो मनुष्य के द्वारा किये जाने वाले सभी कार्यों को सम्पन्न करने में सक्षम है। कभी केवल यही है कि उसमें प्राण या दिल नहीं है, अपना निजी विचार, साहस नहीं है, जो हमारे पास हैं। फिर भी हम उस अज्ञात "हौआ" से जो हमारा कुछ नहीं बिगाड़ सकता इतने भयभीत हैं कि उसके विरुद्ध खड़े होना तो दूर, अपने अधर तक नहीं हिला सकते। हम बहुत नीचे पड़े हुये हैं। ज़रूरत है कि उसके आसमान के नीचे खड़े हो जायें। समय के साथ सब कुछ बदल जाता है फिर हम क्यों नहीं? स्वर्गीय श्री परम पूज्य गुरुदेव आचार्य श्री राम शर्मा जो "युग निर्माण योजना" नामक अभियान के प्रवर्तक थे, उन्होंने बहुत वर्षों पूर्व अपनी "कायाकल्प" नाम की पुस्तक में लिखा था कि गाय आम के पत्तों को नहीं खाती। और यह सच भी रहा होगा, इस तथ्य में शंकित होने की आवश्यकता नहीं, फिर भी देश, काल, परिस्थिति के अनुरूप बदलाव होना नैसर्गिक प्रक्रिया का हिस्सा है। मैंने स्वयं गाय को आम के पत्ते खाते देखा है, आप भी देख सकते हैं। इस बदलाव का सबसे सटीक उदाहरण सर्वविदित है कि अतीत काल में दुनियाके अधिकांश भागों (देशों) में राजा महाराजा राज्य किया करते थे, वहीं अब भारत की तरह अन्य अनेक देशों में प्रजा-तन्त्रीय शासन प्रणाली है।

अतएव हमको भी केवल, अंधविश्वास, वर्तमान में अनुपयुक्त परम्पराओं को छोड़कर समयानुकूल व्यक्ति एवं समाज के हित में दृढ़ता से खड़े हो जाना चाहिये।

नवम्
मेरा सर दर्द

सन् 1978 के आस-पास की बात है जब खनियाधाना नये बस अड्डे पर खड़े एक पीपल के पेड़ के नीचे चन्देरी वाले क़ारीसाहब, मैं, और उनके मुँह लगा एक लड़का खड़े थे। क़ारीसाहब पुराने बस अड्डे निकट वाली मस्जिद के पीछे रहते थे। वे भूत प्रेत (ऊपरी हवा) से परेशान लोगों को निजात दिलाने वाले इल्म के जानकार थे अतः लोग उन्हें बाबा भी कहते थे। उस लड़के ने कहा कि बाबा, मैंने डॉक्टर्स की बहुत दवाइयाँ खा लीं हैं किन्तु मेरा सिरदर्द ठीक नहीं हुआ, अभी भी दर्द है। बाबा ने कहा "झूठा कहीं का"। उसने कहा हँसी की बात नहीं, मैं सत्य कह रहा हूँ। तो उन्होंने दो ऊँगलियों से माथे की खाल पकड़ी, कुछ अपने होंटहिलाते हुये फूँकमार कर कहा हट। दो मिनट बाद उससे पूछा क्या दर्द है ? उसने कहा नहीं बाबा। मज़ाक़ियाक़िस्मकालड़काजो हिन्दू था उसने उनसे पूछा कि बाबा आप क्या कर देते हो जिससे दर्द ठीक हो जाता है? उन्होंने कहा तू बातें ज़्यादाकरता है, करना धरना कुछ नहीं। मैं कुछ नहीं करता, करने वाला तो मालिक है बस उसे न भूलो। आप लोगों के पंडित गायत्री-मंत्र जानते हैं वह भी मालिक की कृपा का माध्यम है। उसके मित्र ने भी एक प्रश्न रख दिया कि

बाबा आपके मुस्लिमों में बारह महीनोंशादियाँ होती हैं, हमारे यहाँ तो ज्योतिष द्वारा शुभ दिनों का मुहूर्तनिकाल कर विवाह सम्पन्न होते हैं, ऐसा क्यों? उत्तर था ज्योतिष अपनी जगह है पर अल्लाह के बनायेहुये दिनों में कोई दिन शुभ-अशुभ नहीं होता, शुभ-अशुभ तो हमारी उससे निकटता-दूरी की वजह से होते हैं।

इसके कुछ वर्षों बाद जब मैं खनियाधाना के पुराने (चालू) अस्पताल जा रहा था तो तत्समय बस-अड्डे में होकर निकलने के कारण वहाँ मेरे पूर्व परिचित मलावनी ग्राम निवासी स्व. श्री शिवदयाल जी गोलंदाज रिटा. प्रधान अध्यापक मिल गये, जिनके साथ उनकी बेहोश पुत्रवधूउनके सहयोगियों के साथ थी। उन्होंने मुझसे क़ारीसाहब के मकान तक उन सबको ले चलने के लिये कहा तथा बताया कि इसको कई बड़े बड़े डॉक्टर्स के पास झाँसी ग्वालियर दिखा लिये, पर कोई लाभ नहीं हुआ। किसी केक़ारीसाहब के बारे में बताने पर हम लोग आये हैं। उस समय क़ारीसाहब, मौलवी इब्राहीम साहबके नज़दीकीमकान में रहते थे। उस बेहोश-वधूको एक हाथ -ठेलेमें लिटाकर सभी लोग उनके द्वार पर पहुँच गये। सूचना के बादथोड़ीदेर में बाहर निकले तथा हालात की पूरी जानकारी ली। इसके पश्चात कुछ जल मँगायाऔर उसे चुल्लू में ले लिया। हम लोग उनके हिलते हुये होंटदेख रहे थे कि तभी उन्होंने जल ज़ोरसे उसके मुँह पर यह कहते हुये मार दिया कि हट। क्षण भर में वह वधूउस ठेले पर बैठते हुये घूँघटसँभालनेलगी। उन सब परिजनों की ख़ुशीका ठिकाना न रहा। उन्होंने उन्हें कुछ भेंटकरने का प्रयास किया, पर बाबाने नकार दिया। साथ ही उन लोगों के ही किसी स्थान पर अगरबत्ती जलाने के साथ प्रसाद चढ़ाने हेतु हिदायत दी। प्रसंग सिखाता है कि सत्य निष्ठा से अपने अपने इष्ट की साधनारत रहा जाये तो अँघरूनी बलाओं, से बचाजा सकता है।

दसम
बलारी माता का मेला

स्व. श्री रामेश्वर दयाल जी लोधी (फ़िरंगी) खनियाधाना नगर से दस किलोमीटर दूर माध्यमिक विद्यालय चमरौवा में मेरे एक शिक्षक मित्र थे। शिवपुरी (ज़िला) शहर में एक वर्ष दि.16-6-1978 से 05-7-1978 तक बीस दिवसीय अंग्रेज़ीभाषा के समर कोर्स में हम साथ-साथ रहे थे।

मा.वि. १ खनियाधाना वेतन केन्द्र होने के नाते खनियाधाना उनका आना-जाना रहा करता था, उसी दरम्यान लगभग सन् 2008 में उन्होंने मुझे शिवपुरी ज़िलेके ग्राम में बल्लारी-माता मेला लगने के एक दृष्य का आँखों देखा हाल सुनाया था। हर वर्ष लगने वाले मेले में एक बारवे अपने साथियों के साथ गये थे। उन्होंने बताया था कि भीड़ से रोड भी संकरा पड़ रहा था। एक महिला फूल बेचने के उद्देश्य से फूलों की डलियाअपने सिर पर रखे हुये जा रही थी। भीड़भरकमहो रही थी। फूल वाली महिला मल-विसर्जन के दबाव के कारण रोड से थोड़ा हटकर चलते हुये लोगों के मध्य ही बैठ गयी। मल-त्याग के बाद उसने उस पर कुछ फूल ढ़कनेकेलिएडाल दिये और आगे को बढ़ गयी। वहाँ से बाद में निकलने वाले कुछ लोग देवता समझकर फूलों पर फूल एवं कुछ लोग तो उस पर सिक्के

भी चढ़ाते जा रहे थे। यह सब मेरे मित्र और उनके साथी थोड़ी ही दूर एक पेड़ की छाया के नीचे बैठकर देख रहे थे। ऐसी अन्धी आस्था के शिकार लोगों ने पुनः उस स्थान पर जाकर कभी नहीं देखा होगा कि उन चढ़ाये गये सिक्कों एवं उस स्थल का क्या हआ। तात्पर्य यह कि वह आस्था के नाम का अन्धा पनहमारे ऊपर सवार है और हम उसे अपनी पीठ पर बिठाकर सवारी बनकर गौरवान्वित होते हैं, क्या इसी को धर्म कहते हैं जिसपर हम अपने जीवन का ख़ूनपसीना बहादेते हैं?

अंत में हमारे आत्मीय बन्धुओं, पाठकों एवं देश के शिक्षित विवेकवान नागरिकों से सानुरोध आग्रह है कि वे अपने देश को एवं समाज को सारे आडम्बर छोड़तेहुयेसुखी, सम्पन्न बनाने हेतु अपने बहुआयामी विशेष कौशल का लोकहित में प्रयोग करें। भूतकाल के स्वर्णिम सांस्कृतिक मूल्यों को पुनर्जीवित करते हुये, मूढ़मान्यताओं को समाप्त कर स्वहितार्थ, आधुनिकता का अमली जामा पहनायें।

चलते-चलते विनम्र अनुरोध है कि जिन मनीषी पाठकों के उपकारी हाथों में प्रस्तुत कृति पहुँचे वे मेरी कृतियदि उचित लगे तो उसे अपने सम्पर्क क्षेत्र में बिखेरदें। मैंने कुछ बिंदु -क्रमों एवं संस्मणों के माध्यम से भूतकालीन अनुपयोगी परम्पराओं रूपी सवारों को मनुष्य-रूपी सवारी पर अंधेरे गन्तव्य की ओर हाँकते हुये महसूस किया है। आशा है कि सद्‌बुद्धि, वर्तमान समाज को समता आधारित प्रकाश के प्रजातन्त्र प्रांगण तक ज़रूरले जायेगी।

ग्यारहवाँ
रामायण पाठ

मैं 1966 के जुलाई माह में माध्यमिक विद्यालय पिपरौदा उवारी जिला शिवपुरी म०प्र० में स्थानापन्न रूप से शिक्षक के पद पर कार्यरत था। श्री किशोरी लाल जी अहिरवार, निवासी भिण्ड मध्य प्रदेश के गाँव संभवतः भौ के रहने वाले, विद्यालय के प्रधानाध्यापक थे। हम दोनों उन दिनों श्री कपूर कद जी जैन के मकान में रहते थे। मैं नीचे तथा वे ऊपरी मंज़िल में रहते थे। खाना बनाने और खाने के बाद वे नीचे मेरे कमरे में आ बैठते थे। एक दिन मुझे किसी कारण नहाने में विलम्ब हो गया, जब मैं रोज़ की तरह नहा कर रामायण का पाठ कर रहा था, वे आकर मेरे पास बैठ गये। समाप्ति पर वे बोले "ऐसे किताब पढ़ने से क्या होता है जबकि पढ़ा गया आचरण में न उतरे। मैं अनुभव एवं मर्यादा की वजह से तत्काल कोई जवाब न दे पाया किन्तु मुझे बहुत ठेस पहुँची। कारण सिर्फ़ यह था कि उन दिनों मुझमें नैतिक परिपक्वता तो थी नहीं, सिर्फ़ औरों को देखकर व उन द्वारा बताये रामायण के महत्व के कारण ही ऐसा लगा था कि उनका कथन ठीक न था। आज में भली भाँति समझने लगा हूँ कि उनका उक्त कथन बिल्कुल ठीक था।

एक बार इस खनियांधाना नगर में मौलाना चतुर्वेदी नाम के विद्वान पधारे थे जिनकी तक़रीर नगर के चाँदनी चौक में हुयी थी जिसमें मैं भी उपस्थित था। उन्होंने वाद्य-यंत्रों सहित सुनाया था- "मत रटो राम का नाम, करो सदकाम, राम के फल को पा लोगे। उस तक़रीर का भी मुझ पर प्रभाव पड़े बिना नहीं रहा, आज मैं श्री अहिरवार जी की बात को भली भाँति समझ पाया हूँ कि केवल कुछ पढ़ने या किसी का नाम रटने से कुछ भी नहीं होने वाला है जब तक कि उसके अच्छे कार्यों को आचरण में न उतारा जाये।

रोटी-रोटी, पानी-पानी अनेक बार कहने से ज्यों भूख-प्यास शान्त नहीं होती, उसी प्रकार आप अपने किसी कार्य को किये बिना उस कार्य को बुलाते रहें तो क्या वह आ जायेगा? वैसे तो कार्य कोई जीव न होने के कारण आने का प्रश्न ही नहीं, फिर आप तो सप्राण हैं यदि आपको कोई शारीरिक कष्ट है तो वह बिना दवाई खाये या लगाये क्या दर्द ठीक हो जायेगा। बिल्कुल नहीं, दर्द दूर करने हेतु दवा तो लेनी पड़ेगी। हम या आपके कई बार यह कहने पर कि दर्द दूर हो, दर्द दूर हो, दर्द दूर हो, लेकिन उसका दूर होगा ये असंभव है। तात्पर्य यह कि आपको जो चाहिये वह केवल नाम रटने से उपलब्ध नहीं हो सकता, तदनुकूल क्रिया शीलता ही उसे प्राप्त करने की प्राकृतिक विधि अथति नियम है। पुस्तक पढ़ते रहने, नाम रटते रहने से ही यदि इच्छा पूर्ण हो जाती तो इस विश्व में मानवी उपयोग का कारोबार इतना न फैला होता।

बारहवाँ
पीठ पर हाथ रगड़ दे

लापरवाही या होनहारी- मेरे पिताजी स्व.श्री- महाराज सिंह जी यादव फारेस्ट विभाग के लायसेन्स-वेण्डर थे। बकरा-बकरियों के व्यापारी (मुस्लिम वर्ग) प्रातःकाल ही हमारे घर पर उन्हें इकट्ठा कर ट्रक में भरकर बाहर बेचने के लिये ट्रक का पास कटवाने के लिये आ जाते थे जबकि वही समय उनके शौच हेतु जाने का होता था। सूखी लकड़ी जलाऊ भी जंगल से लाने के लिए कृषक लोग बैलगाड़ी का पास कटाने उसी समय आ जाते थे जिस कारण उन्हें परेशानी महसूस होती थी अतः उन्होंने मुझे पास काटना सिखा दिया था। अब पास मैं काटने लग गया था जिससे उन्हें राहत मिली थी। मैं मैट्रिक पास करने के बाद शासकीय नौकरी की तलाश में होने के कारण जब चिंतित सा दिखता था तो वे मुझे बड़ा ढाँढ़स बँधाते थे। कहते थे बेटा चिन्ता नहीं अपने पास खेती की ज़मीन तो है। खेती की अहमियत बताने हेतु "तेरी लटकन मेरी छटकन वाली में। कहावत कहते थे अर्थात् खेती के आगे नौकरी कहाँ लगती है। हालाँकि मेरी नौकरी उनके देहावसान से पूर्व ही दिनांक 27-8-1966 को शासकीय शिक्षक के रूप में लग गयी थी। उनकी देहावसान तिथि 18-2-1976 है।

जब कभी वे घर पर नहा रहे होते तो मुझसे कहते थे, बाबू मेरी पीठ पर थोड़ा हाथ से रगड़ दे, वहाँ मेरा हाथ नहीं पहुँचता। तब मैं वह कर देता था तथा उनके कहने पर उनका साफ़ा एवं क़मीज़ तालाब पर धो लाता था। अंतिम दिनों में उनको बीमारी के कारण झाँसी भी दिखवाने ले गया था। वे खटिया न पकड़कर चलते फिरते रहते थे। जैसा कि हर पिता में होता है, वे मुझसे बड़ा स्नेह करते थे। एक रात उनकी तबीयत लगभग दस बजे रात ज़्यादा बिगड़ गई। बाहर वाले कमरे में उनकी सेवा सुश्रूषा में बड़े भाई साहब तत्समय मौजूद थे जबकि मैं दूसरे कमरे में सो गया था। उसी रात दिनांक 18-02-1970 को पिताजी की अधिक ही तबीयत ख़राब होने के वक़्त उन्होंने कहा, बाबू कहाँ है। यह सुनकर भाई साहब मेरे पास पहुँच कर मुझे जगाकर कहने लगे कि दाऊजू (पिताजी) याद कर रहे हैं। न जाने मुझ पर कैसा भूत सवार था कि हूँ हूँ करके, करवटें बदलता रहा, जबकि मुझे उनकी हालत पता थी व भाई साहब का कहना भी सुन लिया था किन्तु खटिया से उठा नहीं। लगभग सुबह की रात जब घर में रोना-धोना मच गया, तब उठते ही एक साथ ज्यों पहाड़ टूटकर ऊपर गिरा हो ऐसा मेरा हाल हो गया था। जब भी मुझे वह रात याद हो आती है तो बड़ी आत्मिक पीड़ा होती है।

तेरहवाँ
पायलट साहब

सैनिक में समता संस्कार मेरी जन्मभूमि नगर खनियाधाना के मुसाहिब मोहल्ला की है जो कभी ग्राम खनियाधाना कहलाता था। पड़ोस में ही श्री-रनवीर सिंह चौहान रहने के कारण मेरी उनसे घनिष्ट मित्रता थी। उम्र में वे 3-4 वर्ष ही मुझसे जेठे थे।उनके परिवार को कभी मुसाहिब नामक ख़िताब मिला था अतः आज भी उस मोहल्ला को मुसाहिब मोहल्ला कहते हैं।

सत्र 1961-62 में मैं नगर नखर जिला शिवपुरी म.प्र. में शिक्षकीय प्रशिक्षण प्राप्त कर रहा था जबकि श्री रनवीर सिंह जी कोयंबटूर में भारतीय वायुसेना के पायलट ऑफ़िसर का प्रशिक्षण एक ही सत्र में कर रहे थे। हम दोनों के बीच पत्राचार होता रहता था। एक बार जब उनका पत्र मुझे मिला तब पढ़कर मुझे आश्चर्य हुआ। उन्होंने लिखा था कि मास्टर जी आप जब भी मुझे पत्र लिखें तो मेरे नाम के आगे श्री न लगायें, क्योंकि यहाँ पर- सीनियर्स लोग श्री पर बहुत परेशान करते हैं एवं मुर्गा तक बनाकर तेज़ चलाते हैं। वहाँ रेगिंग होती है, यह भी उन्होंने लिखा था। जब वे अपना सेवाकाल पूर्ण कर वायुसेना से कार्यमुक्त हुये तब उनका रैंक ग्रुप कैप्टन था। दि. 30.4.1995 को कार्यमुक्त होकर वे अपने

पूर्व आवास में ही रहने लगे। उनकी माताजी एवं बच्चे भी साथ रहते थे जबकि पिता जी B.S.F के अधिकारी पद से सेवानिवृत्त होकर इसी भवन में रहते हुये गुज़र चुके थे। श्री रनवीर सिंह जी की शिक्षा दीक्षा पटियाला नगर पंजाब में हुयी थी चूँकि उनके ताऊजी तत्कालीन पटियाला महाराज के कार्यकाल में उच्च अधिकारी पद पर आसीन थे जिनका नाम मेजर रघुराज सिंह जी था। पंजाब में विद्याध्ययन के चलते श्री रनवीर सिंह जी को अंग्रेज़ी एवं गुरुमुखी भाषाओं का ज्ञान था, हिन्दी भाषा तो उनकी काम चलाऊ थी जो उन्होंने यहाँ रहते सीखी थी। कॉलेज क्रिकेट में वे अपना ख़ास स्थान रखते थे।

जब वे सेवानिवृत्ति के पश्चात यहाँ रहने लगे तब मैंने उनसे कहा था कि तहसील के पास जमडेरा नामक आपकी भूमि है वहीं पर आप अपनी कोठी क्यों नहीं बना लेते? उत्तर में उन्होंने कहा था कि यहाँ परिवार के बीच रह रहे हैं वहाँ अभी बस्ती नहीं है। उन्होंने अपने परिवार के लिये एक रजक पड़ोसी का लड़का नौकर लगा लिया जो उनको चाय बनाकर सर्व करता, झाड़ू लगाता तथा बाज़ार से उपयोग की सामग्री ख़रीद कर लाता था। घर पर आने जाने वालों का भी विधिवत सत्कार एवं सेवा करता रहता था। उसने सफ़ाई से रहना सीख लिया था।

पूर्व में उल्लेख किये गये तथ्य का महत्व- पूर्ण पहलू यह है कि रजक समाज का नौकर जो कि परम्परागत रूप से तथाकथित निम्न जाति में आता है, किसी रजक (धोबी) को नौकर रखना जो नाश्ता भी परोसता है उनके (चौहान) समाज तथा पड़ोसियों तक कइयों को अच्छा नहीं लगा था। न कुछ कह पाते न कुछ कर पाते थे, फिर भी उनकी आंतरिक भावना इशारों में प्रकट हो जाती थी।

एक दिन इसी सच्चाई को मैंने जब फ़ुरसत में उनके सामने प्रकट किया तो वे बोले, "आप ही बतायें, आपको क्या उचित लग रहा है या नहीं? मैंने कहा- मुझे कोई एतराज़ नहीं मुझे तो यह कार्य ऐसा प्रतीत हो रहा है जैसे किसी ने पर्वत के उच्च शिखर से मशाल प्रज्ज्वलित कर दी हो जिसका प्रकाश अबाधित रूप से चहुँ ओर फैल रहा हो।

अंततः पायलट साहब ने अपनी मिली-जुली भाषा में कहा जिसका अर्थ है, कूपमंडूक का सीमित दायरा होता है ऐसा तो वे सोचेंगे ही और कहेंगे। उन्होंने देखा क्या है? दुनिया बहुत बड़ी है एवं उन्होंने तो कोई शहर तक पूरा नहीं देखा। आप चिंतित न हों, वे भी समय आने पर समझ जायेंगे। छोटे कार्य में कम समय तथा बड़े कार्य को पूरा करने या पूरा होने में बहुत समय लगता ही है। यह बात-चीत लगभग सन 2018 की है तब से इतनी लम्बी बात चीत बाद में कभी न हो सकी यह मेरा दुर्भाग्य ही रहा। सैनिकों को शक्तिशाली बनने के लिये समानता एवं एकता का भी प्रशिक्षण दिया जाता है जो संस्कारों के रूप में प्रदर्शित होता है जो श्री रनवीर सिंह जी चौहान में स्पष्ट रूप से दिखाई देता था। यद्यपि वे सेवानिवृत्ति के समय ग्रुप कैप्टन के पद पर थे किन्तु हम उन्हें पायलट साहब के नाम से ही सम्बोधित करते थे। दि.25-12-2020 को कोरोना के महाकाल ने उन्हें हमारे बीच से उठा लिया।

चौदहवा
एक मैकेनिक चंद्रशेखर आज़ाद

(क) स्वतन्त्रता संग्राम सेनानी गढ - खनियाधाना नगर, मध्य प्रदेश के शिवपुरी ज़िले में स्वतन्त्रता संग्राम सेनानियों का गढ़ कहलाता है। खनियाधाना तब एक छोटी सी स्टेट थी जहाँ महाराज खलकसिंह जूदेव (स्वतंत्रता-संग्राम सेनानी राज्य करते थे। उनका जन्म 08-11-1892 में हुआ था। राजकाज के साथ साथ वे धार्मिक प्रवृत्ति के होने के कारण रामलीला मंचन भी करवाते थे। तत्समय चल रहे स्वतंत्रता आंदोलन में वे अप्रत्यक्ष रूप से सक्रिय थे। महाराज के पास दो गाड़ियाँ थीं जिनमें ब्यूक का वे अधिक उपयोग करते थे जब वह ख़राब हो जाती थी तो, वे उसे ठीक कराने झाँसी जाया करते थे। एक दिन इसी कार्य से वे झाँसी गये, गाड़ी ठीक कराने के बाद जब वे वापस हो रहे थे तो मैकेनिक ने उनसे कहा महाराज आपको बार बार यहाँ आने की परेशानी से मुक्त करने में आपको एक मैकेनिक दे रहा हूँ जो गाड़ी वहीं ठीक किया करेगा। महाराज की अनुमति के बाद मैकेनिक ने एक व्यक्ति को उनकी गाड़ी में बैठा दिया। उन दिनों अंग्रेज़ सरकार का क्रान्तिकारी चन्द्रशेखर पर काकोरी काण्ड के कारण दबाव पड़ रहा था अतः मैकेनिक ने उसे अपने पास छिपा रखा था। यही व्यक्ति महाराज

की गाड़ी में बैठाया गया था।

खनियाधाना आने से पूर्व एक बसई नामक गाँव जो रेलवे स्टेशन भी है पड़ता है जहाँ महाराज का विश्राम गृह भी है, बसई आने से थोड़ी ही दूरी पर उन्होंने पेशाब करने हेतु गाड़ी रुकवाई और सड़कों की एक ओर चल दिये। पीछे पीछे एक सर्प चलते देख गाड़ी में बैठे व्यक्ति ने अपनी पिस्तौल से गोली चलाकर उस सर्प को मार दिया। यह देखकर महाराज सन्न रह गये, पर कुछ न बोले। बसई विश्राम गृह के भीतर पहुँचते ही महाराज ने व्यक्ति से पूछा- सच-सच बताओ तुम कौन हो? उस व्यक्ति ने अपना नाम चन्द्रशेखर आज़ाद बता दिया। यह घटना सन् 1925 के किसी दिन की है। खनियाधाना पहुँचकर महाराज ने उन्हें सीता- पाठ शिव मन्दिर की पहाड़ी पर रहने की सारी गोपनीय व्यवस्था कर दी। कुछ दिनों वे गोविन्द विहारी मंदिर की बगल वाली कोठरी में भी रहे। इस प्रकार सन् 1925 से 1930 तक आज़ाद खनियाधाना रहे। खलकसिंह जूदेव इससे पूर्व ही राजकुमार देवेन्द्र प्रताप सिंह को औपचारिक रूप से राजकाज सौंपकर साधू बाबा बन गये थे।

खलक सिंह जूदेव जिस समय बसई विश्राम -गृह में रह रहे थे तभी दिनांक 27-6-1975 को शाम तीन बजे उनका स्वर्गवास हो गया।

(ख) स्व. रतन चन्दजी जैन वैद्य भी स्वतन्त्रता संग्राम सेनानी रह चुके हैं वे महाराज की तरह ही मज़बूत इरादों के थे सदैव सफ़ेद कुर्ता-धोती पहनते थे, एक अच्छे वैद्य होने के नाते वे जड़ी-बूटी का कार्य करते थे तथा काँग्रेस पार्टी में स्थानीय कमेटी के मंत्री थे। अतः लोग उनको मंत्री जी कहकर पुकारते थे।

मैं मुसाहिब मुहल्ले में रहता था और ठीक चन्द क़दमों पर मंत्रीजी का भी मकान था अतः मुझे छोटी कक्षा का विद्यार्थी होने पर भी उस समय की तमाम आँखों देखी घटनायें याद हैं। काँग्रेसी होने के नाते मुहल्ले के कुछ सामन्ती क़िस्म के लोग उनसे द्वेष के कारण झगड़ते भी थे किन्तु मंत्रीजी भयभीत नहीं रहते थे। कुछ वर्ष बाद उन्होंने हनुमान टेकरी मन्दिर के पास अपना जड़ी बूटी स्टोर बना लिया था जो आज भी मौजूद है। कुछ वर्षों बाद उस स्टोर में अज्ञात

उपद्रवी तत्वों ने आग लगा दी थी। काँग्रेस पार्टी को मज़बूत बनाने हेतु उन्होंने बड़ी परेशानियाँ झेलीं किन्तु अपने उद्देश्य से विचलित नहीं हुये। कुछ वर्षों बाद - उन्होंने शिवपुरी शहर में अपना कारोबार जमा लिया। आज उनके सुपुत्र श्रीराज कुमार जी जैन शिवपुरी में- महावीर जड़ी-बूटी स्टोर का कारोबार सँभालते हैं।

(ग) स्व. श्री रामसेवक जी सोनी भी स्वतन्त्रता संग्राम सेनानी रह चुके हैं, वे पुराने बस स्टैंड के पास रहते थे। उन्होंने काँग्रेस के लिये बहुत त्याग किये, जब गाँधी जी देश भर में एकता एवं छुआछूत दूर करने हेतु आन्दोलन कर रहे थे तब तत्कालीन स्टेट खनियाधाना के कुछ नेतागण भी स्थानीय स्तर पर पूरा सहयोग कर रहे थे। श्री सोनी जी के घर से थोड़ी दूर काँग्रेस नेता स्व. श्री रामदयाल जी बंसकार का घर था तथा दोनों मिल कर भारतीय स्वतन्त्रता के आन्दोलन में सक्रिय रहकर क्षेत्रीय सांगठनिक प्रयास हेतु जातीय एकता एवं छूआछूत निवारण हेतु क्रियाशील थे। सन 1954 में जब मैं कक्षा ७वीं का छात्र था उस समय से मुझे मालूम है कि स्कूल की छुट्टी के बाद जब मैं घर पहुँचता था तो कभी कभी मुहल्ले के साथी छात्र मेरे घर वालों से शिकायत कर देते थे कि बाबू ने अमुक मेहतर या वराहर आदि के लड़के को स्कूल में छू लिया था, तो मुझे घर के द्वार भीतर प्रवेश से पहले नहाना तथा कपड़े धोना पड़ते थे। तब मैं कुछ भी न जानने के कारण घरवालों की बात मान लेता था। आज सोचता हूँ कि उस समय बहुत अमानवीयता के कारण सामाजिक विघटन अधिक था जो देश की पराधीनता का मुख्य कारण बना था। यह मानवान्तरण जो अतीत में आरोपित किया गया था वह पाप आज भी ऊँची छलांगें मारता है जबकि स्व. महात्मा गाँधी जी के नेतृत्व में देश में छुआछूत दूर कर सामाजिक शक्तिवर्धन के लिये अपना जीवन तक सामाजिक एकता के यज्ञ में आहूत कर दिया। आज नेतागण डींगें मारते हैं कि हमने ये किया, हमने वो किया। देश के हित में कुछ करने वाले तो देश पर निछावर हो चुके। उनकी भरी हुई नींव पर महल बन रहे हैं।
(घ) मंचीय माध्यम से काँग्रेस की बात या जनहित की बात आवाम तक पहुँचाने में प्रवीण स्व. भगवान सिंह जी दाऊ जो मुसाहिब मोहल्ले में मुसाहिब भवन के वरिष्ठ सदस्य थे वे बड़े अच्छे प्रवक्ता थे। एक बार पिछोर में मध्य प्रदेश के एक

मंत्री जी पधारे थे उस मंच से उन्होंने खनियाधाना विकास- खण्ड में विकास विभाग की अनियमितताओं को जिस चातुर्य से प्रस्तुत किया था उसने उन्हें योग्य काँग्रेस प्रवक्ता प्रमाणित किया था। आज वे भी हमारे बीच नहीं हैं।

उपरोक्त अवधि के इर्द-गिर्द ग्राम खनियाधाना में स्व. श्री भैयालाल जी मोदी तथा बाद में स्व. श्री अब्दुल ग़नी ग्राम पंचायत खनियाधाना के क्रमशः सरपन्च बने थे। अब खनियाधाना नगर परिषद है। खनियाधाना नगर मध्य प्रदेश के पिछोर विधान-सभा क्षेत्र में आता है जहाँ से महराजा खलक सिंह जूदेव- (स्वतन्त्रता संग्राम सेनानी) के नाती महराज भानुप्रताप सिंह जूदेव स्व. श्री अर्जुन सिंह जी मुख्य मंत्री के कार्य-काल में विधायक रहे तथा बाद में इसी काँग्रेस पार्टी से पिछोर विधायक श्री भैयासाहब लोधी मध्य प्रदेश के मंत्री भी रहे।

तत्पश्चात सन् 1992 से दि.02-12-2023 तक मध्य प्रदेश में होने वाले विधान सभा चुनाव तक, अथार्त पाँच छह सत्रों (30 वर्ष) तक श्री के. पी. सिंह जी विधायक रहने के साथ साथ दो बार मध्य प्रदेश के मंत्री भी रहे, जिस समय श्री दिग्विजय सिंह जी मुख्यमंत्री थे। श्री के. पी. सिंह जी ने विधायक व मंत्री के रूप में खनियाधाना को भी पिछोर जैसे विकास की पंक्ति में जोड़ा, जबकि इसके पूर्व में खनियाधाना उपेक्षित रहा। श्री अब्दुल मजीद नेताजी खनियाधाना काँग्रेस विकास के स्तम्भ के रूप में थे। श्री के.पी. सिंह जी के आते ही सोने में सुहागा नामक कहावत चरितार्थ हो गयी। भूतपूर्व सरपन्च स्वं श्री अब्दुल ग़नी के पुत्र श्री अब्दुल मजीद किसी कमज़ोरी में सिफ़ारिश की वजह से नहीं अपितु अनपढ़ होते हुये भी अपनी व्यवहार कुशलता से नगर खनियाधाना की नगर परिषद के अध्यक्ष चयनित हुये। दिनांक 22-3-2007 को हमारे कर्मठ अध्यक्ष एवं कई वर्षों तक रहे काँग्रेस अध्यक्ष को मालिक ने उन्हें हमारे बीच से उठा लिया। वर्तमान में भी काँग्रेस की नगर परिषद एवं जनपद पंचायत है। पिछोर में भी नगर परिषद काँग्रेस की है, पर श्री के.पी. सिंह जी पिछोर में नहीं हैं। किन्तु हैं वे पछोर में ही।

अन्त में सम्मानीय सम्बन्धितों, आदरणीय पाठकों, मित्रों, परिवार

के प्रियजनों, सहयोगियों, नव- युवकों, रिश्तेदारों तथा दूरदराज के परिचितों- अपरि- चितों से विनम्र अनुरोध व आग्रह है कि सभी लोग वसुधैव कुटुम्बकं ऑधारित जीवन प्रणाली को विकसित करने हेतु उन मूट मूढ़ परम्पराओं, परम्परा मान्यताओं, अंधविश्वासों, तथा हठधर्मिताओं को जो शायद भूत काल में उपयोगी रहीं हों, उन्हें अलविदा कह कर उनसे दूरी बनायें। ये- कुरीतियाँ हम आपको काफी हद तक अपने वजन से मृतप्राय कर चुकीं हैं, हम विखण्डित हुये हैं, फलतः हमने विदेशियों एवं अपनों की गुलामी भोगी है। अब हम प्रजातान्त्रिक प्रकाश में गरिमापूर्ण जीवन जीने का लक्ष्य प्राप्त करने हेतु हम क्यों उक्त प्रथाओं रूपी भूत की सवारी बने रहें। समाप्त

॥ समाप्त ॥

www.ingramcontent.com/pod-product-compliance
Lightning Source LLC
LaVergne TN
LVHW060414051026
849518LV00007B/2549
* 9 7 8 8 1 1 9 5 6 2 2 4 4 *